集英社オレンジ文庫

先生、原稿まだですか！

新米編集者、ベストセラーを作る

織川制吾

本書は書き下ろしです。

BOOK EDITOR HIRAZUMI SHIORI

【目次】

先生、
原稿まだですか!
BOOK EDITOR HIRAZUMI SHIORI
新米編集者、
ベストセラーを作る

プロローグ

――アイとはなんでしょう。わたしにはどうしても其《そ》れが判らないのです。

これは小説家・御陵或《みささぎあるい》の著作『アイとはなんでしょう』の冒頭の一文だ。それを目にした瞬間から、わたし平摘栞《ひらづみしおり》の世界は変わった。

あの、窓を開ければいつでも干し草の匂いのした独り部屋で、十代のわたしという人間はそうして一冊の本に殺された。ガラガラと古いわたしが崩され、そこから新しいわたしが形作られたのだ。それは過去に読んだどの本とも違っていた。

たまたま学校帰りに立ち寄った小さな書店。それは新刊コーナーの一番奥の隅《すみ》っこにひっそりとあった。美しい藍色《あいいろ》の装丁と謎めいたタイトルに不思議と惹《ひ》かれて、わたしは限りある小遣いをはたいて買った。買って、読み、なんだこれはと呆然《ぼうぜん》とし、唖然《あぜん》としたまま夢中になり、ふと冷静になったあと、心底惚《ほ》れた。

「これは……うちのために書かれた本じゃー！」

なんという傲慢《ごうまん》。勘違い。けれど当時のわたしは本気でそう思ったものだ。

愛と哀、そして自分自身を指すＩ《アイ》。そこに書かれていたのはそれらを探す物語だった。

それからほどなくして『アイとはなんでしょう』は全国で飛ぶように売れはじめ、あれよあれよという間に百万部を突破した。すでに出版不況と言われていた当時、幻想文学作品としては異例の大ヒットだった。そして受賞こそ逃したものの、同年には芥川賞候補にも選ばれた。

普段本を読まない学生も、久しく読書から離れていた大人も、当時は誰もがカバンの中に忍ばせていたという。持っている、読んでいるということがちょっとしたステイタスになっていたし、あえて辛辣《しんらつ》に批判することさえも優良な話の種になっていた。

一時は『アイトハ現象』とも言われ、示唆《しさ》に富むその内容を読み解くための解説本も多く出版された。

もちろん学校のクラスでも「あれ読んだ？」と話題に上っていたのだが、わたしはその会話には加われないでいた。なんとなく、『アイとはなんでしょう』を読んだという体験を、個人的なものとしてそっとしまっておきたかったのだ。

この一冊に出会ってからわたしが編集者という仕事に興味を持つまでにそう時間はかか

らなかった。

秘密のノートに何度となく書いた小説もどきを客観的に読むに、どうやらわたしには文才と呼べるものは備わっていないということはそのとき既に分かっていた。だから小説家になりたいとは思わなかった。

でも、それでもわたしは物語が好きだ。それが収められている本という『装置』も好きだ。だから、作家さんと一緒になって本を作りたい。

けれど中学生のわたしはそこではたと気づく。

編集者って具体的にはどんな仕事をしているんだろう?

本を読むことは大好きなのに、それを作っている人たちのことを、そのときのわたしはまだなにも知らなかった。

とにかくそのようにしてわたしは、大人になったら編集者になろうと心に決めた。

第一章　或いは初仕事

「今日からお世話になります。平摘栞《ひらづみしおり》です！　百万部売れる本を作りたいです！」

それがわたしの入社の挨拶《あいさつ》だった。

それを聞いた先輩方のうちの半分は腹を抱えて笑った。残りの半分は公衆トイレの壁に書かれた、引き分けのまるぺけゲームを見たときのような、無感情な眼差しをわたしに向けていた。

個人的には百点の挨拶だと思って披露《ひろう》しただけに、その反応は予想外だった。心外、と言ってもいい。

「わ、わたしは小さい頃から読書漬けでして！　母からはそんなものに漬かるくらいならナスのひとつでも漬けて欲しいと小言を言われて育ち……えっと……こうして編集の世界へ身を投じたからには、全身全霊で本への恩返しをしたいと……」

「平積《ひらづ》みとは縁起がいいな」

ちょい足しちょい足しで言葉をつなぎ、なんとか拍手喝采《はくしゅかっさい》を引き出そうとあがくわたしの肩を叩いてきたのは、編集長の新山《にいやま》さんだった。白髪まじりの髪を伸ばしており、落ち着いた容貌《ようぼう》の中にもどこかぎらついた印象を受けた。

「いえ、平積みじゃなくて平摘なんですけど……」

『平積み』というのは書店において客の目に止まりやすいよう表紙を上にして台に陳列する方法を指す業界用語だ。つまり平積みされる本というのはそれだけ期待されている本であり、書店が売りたいと考えている本ということになる。

「百万部目指してがんばれ。別におまえに印税が入るわけじゃないけどな！」

「は、はい！」

「ちなみに他社では出るところもあるが、うちでは今のところヒットに対する金一封すらない！　以上！　解散！」

そう言って編集長は肩甲骨《けんこうこつ》のストレッチをしながら自分の机に戻っていった。

今日から念願叶って出版社勤務。気合いを入れてバッチリスーツを着込んで来てみたら、そんな格好をしていたのはわたしだけだった。なんだか恥ずかしくなってきてもじもじしていると、今度は見目麗《みめうるわ》しい女性に声をかけられた。

「平積みさん、ちょっとちょっと」

「だから、わたしは……。なんでしょう？」

苗字を間違えられているのはイントネーションで丸分かりだった。

「わたし、琴弾千豊《ことひきちとよ》。よろしくね。我が編集部十年ぶりの新卒入社さん」

千豊さんは利発そうな眉《まゆ》と、わたしにはないメリハリのあるプロポーションを持っていた。

「さっそくなんだけど、これよろしく」

渡されたのは用紙の束だった。

「……これはいったいなんですか？」

「なにって原稿よ。ゆうべ作家さんから初稿が上がってきたばかりの、できたてホヤホヤ。ほら、立ち上る湯気が見えるでしょう？」

「見える……ような気が……」

「見えるわけないでしょうが。それじゃさっそく誤字脱字チェックお願い」

「え？　あ、はい！　拝見します！」

見た目以上にずしりと重い原稿を手にすると、いよいよ自分が編集者になったのだという実感が湧いてきた。

「あなたの席はそこね。私物の持ち込みは黙認されてるけど、隣のデスクの邪魔になるような物はＮＧ。冷蔵庫は給湯室にあるから自由に使って。でも自分のプリンやお茶にはちゃんと名前書いておかないと人に取られちゃうからね。賞味期限切れの物をいつまでも置きっぱなしにして狭《せま》い冷蔵庫の貴重なスペースを占拠するのも御法度《ごはっと》よ」

ずいぶん生活感溢《あふ》れる注意事項だった。けれど、限定された空間で人と人が長く働く場合、こういう小さな決まり事が大事だったりするのかもしれない。

「それにしても……ここがわたしの机……うへへ。机」

まだろくに物も置かれていない机に思わず頰《ほお》ずりをしてしまった。ひんやり冷たい。今日からこのスペースがわたしの仕事場なのだ。

感慨《かんがい》にふけるのもほどほどにして早速任された仕事に打ち込むことにする。

きれいに印刷され、右端をクリップでとめられた原稿の一枚目には『社外秘』と赤字で記されていた。

社外秘！　だけどわたしは読める！　なぜなら今社内に属しているから！

その原稿の著者は書店で幾度か目にしたことのある人で、それもわたしの気持ちを盛り上げた。分量としては短編の部類で、それほど時間をかけなくても読み終えることができそうだった。

編集部内は電話や宅配便の対応、企画の打ち合わせなどでなにかと騒がしかったが、原稿に目を通している間は周囲のことは気にならなかった。

　これだ。物語を読んでいるときのこの感じ。この没頭感。没入感。

　物語と真摯《しんし》に向き合い、作者と同じくらいに作品への理解を深めていく。やっぱりわたしにはこの仕事しかない。

　しばらくしてから再び千豊さんがわたしを呼んだ。

「平摘さん、どうだった？」

　わたしは拳《こぶし》に力を入れて答えた。

「はい！　とっても面白かったです！」

「そういうこと訊いてんじゃない！」

　どうやら編集の仕事は、そういうことではないらしかった。


　編集――という仕事がある。

　そしてそういう仕事に就《つ》いている人のことを編集者と言う。実に分かりやすい。

　編集者の多くは出版社に勤めている。彼らがいるのはその中でも編集部と呼ばれる場所だ。編集者がいるから編集部。これも実に分かりやすい。

　にもかかわらず、彼らの業務内容と生態は謎に包まれている。

編集という言葉や仕事はたいていの人が知っているのに、具体的なこととなるとたいていの人がうまく説明できない。本を作っている人たち、という認識がせいぜいで、どう作り、どう売っているのかまでは認識されていない――というのがわたし個人の肌感覚だ。

江戸城のお濠《ほり》にほど近い東京都神田神保町《かんだじんぼうちょう》三丁目の路地に、わたしの勤める百万《ももよろず》書房はある。周囲を高層ビルに取り囲まれているせいか、三階の編集部の窓からの眺めはあまりよろしくない。

百万書房の編集部には大きく分けて雑誌、文芸、官能、新書およびビジネス書があり、部署としては他に営業部がある。編集部が企画を立て、商品を作り、営業部がそれを外へ持ち出して売り込みをかけるのだ。

大手の出版社になると第一編集部、第二編集部と分かれているところもある。また営業部以外に宣伝部がある場合もあって、それぞれに力関係があるというような話も聞く。そこでイニチアシブを握る鍵はなにかというと、ずばり売上だという。売上実績があるところほど発言権がある。もっとも、百万書房のような小所帯では力関係はほぼない。ほとんど個人対個人だ。

そんな百万書房でのわたしの初日はあっという間に過ぎた。電話の応対方法、書類のコピー、配布物のまとめかた、会社の簡単な歴史から近所の美味しいご飯屋さんの情報まで。

様々なことを叩き込まれているうちに日は暮れていった。

　千豊さんは言った。

「はっきり言うわ。今のあなたに任せられるのは雑用がほとんどよ」

「分かります。編集アシスタントですよね」

　経験者でもないわたしがはじめから一人前の編集として作家を任せられるはずがないことくらいは、さすがに分かっていた。

「そう。編アシ」

「まずは細々《こまごま》とした仕事に全力を注いで、知識と経験を積んでからステップアップというわけですね！」

　千豊さんは優しくわたしの肩に手を置き、言った。

「いいえ！　全然違うわ！」

「ええっ⁉」

「全然、違う！」

「二度も言わなくても！」

「確かに色んな雑用をやってもらうことにはなる。だけどそれだけに没頭していられるほどうちの会社は人材豊富じゃないの。確かにほとんどが雑用だけど、同時にそうじゃない仕事も投げることになると思うからそのつもりで」

「はあ。で、でもそれなら全然というほどは違っていないのでは……」

「全然違う！」

「ええええっ⁉」

要するに、新人が育つのをのんびり優しく待っていられるような余裕はない、ということだった。

そんな話を聞かされては震《ふる》え上がるしかなかった。けれどその割に、初日は日没からほどなくしてあっさり退勤していいと言われ、拍子《ひょうし》抜《ぬ》けした。

出版業界と言えば時期によっては会社への泊まり込みも当たり前だというイメージを持っていただけにこれは意外だった。大変さのレベルは会社によるのだろうか。

けれど、百万書房が真の姿を現したのは二日目からだった。

「平摘！　このデータ至急プリントアウトして綴《と》じといて！　あと、雑誌撮影用にリースしてた衣装、十八時までに新宿《しんじゅく》に返却お願い！　終わったら帰りしなに神田駅でライターさんと合流して会社まで案内してあげて。はじめての人だから！」

「え、あの……」

「はやーく！」

「はい！」

出社するなり先にきていた千豊さんからそう命じられ、わたしは混乱のうちに仕事の大海原へ放り出された。

「千豊さん、目の下にクマができてたような……。見間違いかな？　メジャーリーガーの人が目の下に塗《ぬ》るアレかな？」

本当は気づいていた。彼女は先に出勤してきたんじゃない。ゆうべ会社に泊まっていて、つまり最初から会社にいたのだ。あれは一睡もしていない人の目だった。

そういえば編集部全体としても、表面上は静かながら、誰もが各々《おのおの》の仕事に追われている様子だった。

昨日と今日で状況が一変した――というわけではない。きっと昨日も同じような状況だったのに、初日で緊張していたわたしが気づいていないだけだったのだろう。

戸惑《とまど》いながらも頼まれた仕事をひとつずつこなし、ライターさんを案内がてら会社に戻ると、わたしの机の上には段ボール箱がでんと置かれていた。

「あの、この箱はなんですか？」

出かける前にはこんな物はなかったはず。

「なにって、平摘の今日の仕事よ。作家先生へのファンレターが届いてるから、中身に問題がないかひとつひとつ確認ね。それから今月発売の書籍の献本があるから、それの梱包と発送もね。相手先の一覧のメモも一緒に入れてあるから。あとそれから——」

「今、今日の仕事って言いました……？」

「言った。なに？　早速音《ね》を上げちゃう？」

「い、いえ！　望むところです！　編集になると決めたその日から、これくらいのことは覚悟していましたとも！」

本当を言うと、今日は家に帰ってから干し梅を食べながら大好きな任侠《にんきょう》映画のＤＶＤを見ようと思っていた。

そこに通りかかった新山さんが意味ありげな低い声で言う。

「ようこそ、編集の世界へ」

冗談でもなんでもなく、本当に今日のわたしの仕事は今からが本番だった。

＊

「電話、出れんでごめん。今仕事終わったとこ。噂《うわさ》に聞いとった通り、大変な仕事。……でも、やっと夢が叶ったんだし、うち、ここでがんばってみるよ。がんばって、百万部だって売ってみせる。……お父さんにもそう伝えといて。それじゃ、おやすみ」

深夜のコンビニから出てマンションに帰るまでの間に、実家に留守電を残しておいた。

一日の疲れからか足下がなんだかフワフワしていた。

任された仕事は、なんとか終えることができた。終電に乗れたのは運がよかったとしか言えない。

自宅に帰りつき、よろけながら上着を脱ぎ散らかした。

「疲れた……」

吸い込まれるようにベッドに倒れ込む。

「くたびれた……疲労困憊《ひろうこんぱい》……えっと……」

無意識に類義語を探してしまう。意味のない行為だ。

お風呂どうしよう。化粧も落として、コンビニで買ってきたおにぎり、食べとかなきゃ。

明日でいいや。

眠りに落ちる前にそう考えたのか、落ちたあと夢でそう考えたのか、定かではなかった。

＊

その日、会議室には十名近い編集者が集まっていた。編集長の新山さんは腕を組み、皆を見渡す。

「だいたい集まったか？　巳波田《みなみだ》はどうした？」

「韮崎《にらさき》先生の付き添いでゆうべから金沢《かなざわ》旅行です。戻りは夜になるそうです」

「ああ……韮崎先生に声かけられちゃ断れんか。巳波田のヤツ、面白い企画があるとか言って張り切ってたのにな。まあいい。じゃあこのメンツではじめるぞ」

わたしは背筋を伸ばし、持参したノートを開いた。今日は月に一度の編集部企画会議の日だ。会議は会社によっては週や隔週に一度というところもあるそうだ。

窓の外の日差しは強く、街路樹は青々と茂っていた。わたしが百万書房に入社して早三ヶ月が過ぎていた。

会議室内は一応冷房が効いているが、人の数が多いせいか妙に生温い。

「で、まさにその韮崎先生の新刊だがな、この一月でまたじわじわ売れて重版が決まった。追加で三千部だ。先々週のテレビ出演が効いたかな」

「見ましたよ。また過激なこと言ってましたもんね」

長谷川《はせがわ》さんが笑う。

「担当の巳波田にはあとで連絡して教えといてやれ。ちょうど先生と一緒にいるわけだしな。ただ、誤植も何点が見つかってるから、これは後日注意だな」

わたしの隣に座る千豊さんが額に軽く手を添《そ》えた。

「なんで誤植って出るんでしょうねえ」

彼女の口から切実なため息が漏れる。

「あんなに集中して何度も読み込んでるのに、なぜか出版されてから発見される。しかも、なんでこんなミスに作者も校閲《こうえつ》さんもわたしも気づかなかったの⁉　って部分が。頁《ページ》の間にちっさい魔物でも住んでるんですかね。あとから文字を書き換えちゃう悪いヤツ」

新山さんがそれに乗る。

「一ヶ所だけ突然主役の名前が変わってたりな」

「そうそう。初期設定のほうの苗字を無意識に使ってて、無垢《むく》な読者からこれは誰ですか？　ってファンレターで質問されちゃうんですよね。もう申し訳なくって」

「校正ミスは本そのものや作家の信頼を削ることになる。毎度言ってる気もするが、みんなも十分に注意してくれ」

編集の戦いは活字との戦い。極論かもしれないけれど、初版本で誤植のない本などないと言われるほど、文字というものは手強《てごわ》いらしい。

その後は現行の企画の進行具合、書店のフェアやイベントの伝達、雑誌の読者プレゼントの発送に関する注意事項などが続いた。

千豊さんが言う。

「秋に予定している葦野《あしの》先生のデビュー作ですが、単行本にするにあたってタイトルを連載時の『蘇《よみがえ》えるキンロー感謝』から『派遣《はけん》の女神様《めがみさま》』に変更となりました」

「ネット発の学生作家だっけ。初版は一万二千部で決まったんだったな」

「若い層からかなり注目を集めていますし、同系統の作品のデータ、反響から見てその辺りが妥当《だとう》ですね」

「ルサンチに広告出すよな？　インタビューは？」

「発売月に載せられればと。まだ先生には打診してませんが、二頁《ページ》いただければ」

「分かった。任せる」

そういった話が終わると、ここからが本番とばかりに新山さんは身を乗り出した。

「それじゃ次は各々の企画を聞かせてもらおうか」

企画提案の時間だ。編集者ひとりひとりが頭を悩ませ、この日のために温めておいたアイデアを持ち寄り、「わたし、こういう本が出したいです！」とプレゼンテーションするのだ。ここでひとまずＯＫが出れば、およそ半年先の出版を目指して準備をはじめる。もちろんわたしも用意してきた。きちんと自分で自分の企画を発表するのは今日がはじめてだ。

「お、平摘、やる気満々だな。聞かせてみろ」

「は、はい！」

いきなり振られて慌《あわ》ててノートをめくる。そこには小説のテーマや断片的なワード、それに相応《ふさわ》しい作家の名前などが羅列されている。どれも日頃から書き留めておいたものだ。

うちの編集部は雑誌やビジネス書など、それぞれ担当が割り振られている。わたしは文芸担当となった。当然、企画もそれに見合ったものになる。

「わたしは若い世代から敷居が高いと思われがちな純文学の作家さんに、あえてライトなジュブナイルを手がけてもらったらどうかと考えています！」

「ジュブナイル？　久しく聞かなかった言葉だな。ライトノベル的なくくりってことか？」

「はい。判型《はんけい》は文庫サイズ、価格はなるべく安く、カバーはポップに」

判型というのは本のサイズのことだ。

「そういうのはもう何年も前から増えてきてるぞ。意外な作家に書いてもらうっていうのは人材によっては面白いかもしれんが、誰に書いてもらうつもりなんだ？」

「春海十一《はるうみじゅういち》先生なんてどうでしょう！」

「え？　ノーベル文学賞候補の？　そんな大物が書いてくれるの？　おまえ、つながりあるのか？」

「いいえ、ないですけど」

「ないのかよ！　思いつきだけで大物の名前出すんじゃないよ。そういうのは引き受けてもらえそうな算段がついてからにしろ。……なんだ、まぬけな顔して」

「い……いえその……出版社ってどんな作家さんともすぐに連絡がつくものだと思ってたので……」

「つかないよ！　春海先生はうちとはまだ一度も仕事したことないだろ！」

「すみません……」

　出版社に入れば、そこはもう名だたる大作家の住む出版業界。引き受けてもらえるかどうかは別として、社の名前を背負ってアタックすればすぐに連絡くらいはつくと思っていたのだが、そう簡単な話ではないようだった。

「売れっ子作家ならまず正規の連絡先の入手が困難だよ。業界の謝恩会で名刺をゲットできてればいいが、そうじゃなきゃ他社の担当のつてを辿《たど》って教えてもらうしかないな」

「分かりました！　それじゃ円山《まるやま》出版に電話してお願いしてみます！」

「お、おい……なに前向きに受け取ってんだ！　それだってルール違反ギリギリだぞ。よしんば話を聞いてもらえたとしても、スケジュールの確保はさらに困難で……」

「アドバイスありがとうございます！　不肖《ふしょう》平摘、ギリギリのラインを攻めてみます！」

「ああ……もういい。とりあえず平摘の企画は却下な」

「そんなっ！」

呆《あき》れた編集長の一言で、一ヵ月温めてきたわたしの企画は撃沈した。

「琴弾、こいつに今日までなに教えてたんだ。ただ自分がやりたいことと、会いたい作家を組み合わせてそれが企画になるんなら誰も苦労しないんだよ」

きつい言葉を発したのは長谷川さんだった。

長谷川さんは今年で三十六歳。背丈が高く、目つきも怖い。黙って座っているだけでも威圧感がある。聞いた話によると、五年前に大手出版社から中途採用で百万書房へやってきたらしい。彼自身、売れる本を作ることにこだわる人で、だからこそ大手でも第一線を張っていられたそうなのだが、当時大事にしていた作家さんの扱《あつか》いや、企業の示す方針などを巡《めぐ》って上とぶつかり、その結果自ら退社したという。なかなか剛毅《ごうき》な人だ。

「あ、あの、えっと……」

思わず口ごもるわたしに代わって、千豊さんが口を開いた。

「あれ？　いつわたしが平摘の専属教育係になったの？　大切な新人の面倒一切見ないで

自分のことばっかりやってた人に文句言われたくない」

「いつもそばに置いて甘やかしてただろうが。だいたいな平摘、若者向けって簡単に言うが、若者にも色々あるんだよ。おまえが想定してた読者層はどこだ？　中学生か？　高校生か？　今は大学生や二十代の社会人もラノベやアニメを楽しんでるぞ？　そこも含めるのか？　性別は男？　女？」

「うっ……」

痛いところを突かれ、わたしは肩をすくめるしかなかった。ラッシュを受けてコーナーに追いつめられる新人ボクサーの心境はちょうどこんな感じだろうか。

「そこまでにしとけ」

そこで新山さんが止めに入ってくれた。

「平摘は今日が初参加だ、今は俺もそこまでの詳細は求めん。いずれ必要になるけどな。だが今後のために言っとくと平摘、やりたいことを実現したいならまずおまえ自身が成長して多くの作家とつながりを持て。うちは大企業とはわけが違うからな。会社の名前を出しても売れっ子は飛びついちゃくれんぞ。自分で言ってて悲しくなるけどな」

しょげるわたしを横目に、千豊さんが手を上げた。

「あの、平摘のことなんですけど、予定通りわたしが臨時で持ってた担当を引き継いじゃっていいですか？」

「ああ、そうだったな。よし、そっちのことは任せる」

「え？　え？」

わけが分からないうちに話は進み、すぐに終わってしまった。なんのことかと千豊さんに尋ねようにも、編集長はそのまま彼女に話を振ってしまったのでそれもできなかった。

「琴弾、企画は？」

千豊さんはあっけらかんとした調子でこう言った。

「すみません。今月忙しすぎて新しい企画立てられてませーん」

「なんとなく分かってたよ。おまえ今年四十冊ペースじゃないのか？　少しはセーブしろよ」

一年間に四十冊。数字を聞いただけで気が変になってしまいそうだった。


会議が終了すると、みんなはそれぞれ言葉を交わしながら会議室を出ていった。そんな中、わたしはひとり会議室に残り、椅子に座ったまま窓の外に見える高層ビルのきらびやかな反射を見つめていた。

頭の上に誰かの手の感触がした。

「企画が通らなくていい具合に落ち込んでるじゃない。結構結構」

千豊さんだ。

「あの……企画のことも残念だったんですけど、もっと気になることが……」

「わたしの年齢？　ダメよそれは」

「いいえ、そうじゃなく。引き継ぎって」

「そうそう。寿退社で辞めてった子の担当作家をあんたに渡したいのよ。後任が見つかるまでの間わたしが臨時で担当してたの。本当なら新卒で三ヵ月目の平摘に持たせるのは気が引けるんだけど、どっこい今のうちにはそんな余裕はないの」

「そうだったんですか。それで、作家さんはどなたですか？」

「御陵或《みささぎあるい》先生よ」

「御陵……え⁉　御陵或！」

思ってもいなかった名前にわたしは椅子から飛び上がった。

「お、さすがに知ってたか」

「もちろんです！『アイとはなんでしょう』！　中学生のときに読んで以来、繰り返し読み返してます！　わたしにとっての運命の一冊です！」

「中学？　ああそっか、あれが百万書房《うち》から出てもう十年近く経つんだっけ」

千豊さんは月日に思いを馳《は》せるようにしばし天井を見上げていた。

「そうです、わたし、あの本で百万書房っていう会社も知ったんです！」

そういう意味では、その後のわたしの人生を左右した一冊と言えるかもしれない。そんな特別な、憧《あこが》れの作家の担当に抜擢《ばってき》されてしまった。夢のようだ。

「その後の累計じゃ百五十万部を越えてるらしいけど、先生、あの作品以来ぱったりと新作を書かなくなっちゃったのよね。長らく前任の担当が口説いてたんだけど結局今日まで梨《なし》の礫《つぶて》よ。だけど、これで平摘が見事にその気にさせて新作を書いてもらえたら、それはもう大金星中の大金星。大手柄よ」

そう、御陵或は『アイとはなんでしょう』を境にぱったりと作品を発表しなくなった。当然新作を望む声も多かったが、作者本人は一切メディアに顔を出さないため、人々は様々な事情を想像しつつただ待つことしかできないでいた。

そしてそんな作家だから、わたしも御陵或がどんな人物なのか、ほとんどなにも知らない。外見、年齢はおろか、性別すらも。

それでも――。

「光栄です！　わたしがんばります！」

降って湧いた大抜擢にわたしは手放しで喜んだ。

「やる気があってよろしい。ま、実際担当になったあともそのやる気が末永く続くことを祈ってるわ」

思えばそれもずいぶん含みのある言いかただったが、そのときは気づきもしなかった。企画会議では玉砕《ぎょくさい》したけれど、とにかくこのときわたしの胸は人生最高に高鳴っていた。

＊

月の繁忙期を迎える前に御陵先生に挨拶をしてこいと編集長に命じられ、その週のうちにわたしは東京駅から横須賀《よこすか》線に乗り、北鎌倉《きたかまくら》へ向かった。

駅の改札を出て伸びをする。この町で御陵或は暮らしている。そう思うだけで顔がにやけた。

駅の近くの定食屋に鰹《かつお》の文字の踊る幟《のぼり》が立っていた。芭蕉《ばしょう》の句が頭をよぎる。

「鎌倉を生きて出《い》でけむ初鰹……だっけ」

江戸の時代、相模湾《さがみわん》で取れた初鰹は特別だったという。女房子供を質に置いてでも食え、と言われたというのだからよっぽど貴重で、美味しかったのだろう。

「ああ、食べたい」

けれど、今は誘惑を断ち切って先を急がなければならなかった。担当作家をないがしろにして鰹を楽しんでいてはわたし自身が質に入れられかねない。

わたしの生まれ育った土地は右を向いても左を向いても小振りな山々が連なっている、山陽地方の典型的な山間部だったので、少し先の景色が緑の木々や小山でさえぎられている北鎌倉の景色には少し親近感を覚えた。

千豊さんに教えてもらった住所を頼りに駅からしばらく歩いてみた。けれど、すぐに到底徒歩で行ける距離ではないと気づいた。

「あっつい！」

その上夏の日差しが容赦《ようしゃ》なく照りつけてくる。わたしめがけて最適な角度で照らしてきているんじゃないかという気さえしてきた。

木々の隙間《すきま》から時折吹いてくる風が東京のものよりもずっと涼しかったのがせめてもの救いだったけれど、わたしは考えを改めてタクシーを拾った。

「もしかしてキツネ先生のとこ？」

目的の住所を告げると運転手さんは訳知り顔でそう言った。

「え？」

「あんた、出版社の人でしょ？」

「出版社の人！　やっぱりそう見えます？　にじみ出てます？」

「いや、全然にじみ出てないけど、たまに乗せるんだよ、東京から来たっていう出版社の人。キツネ先生に本を書いてもらおうって人たちさ。でもダメ。まともに取り合ってもらえた人はいないって話だよ」

　タクシーは緩《ゆる》やかな坂道を上っていく。彼方に青くかすむ山々が見えた。

「そのキツネ先生っていうのは、御陵先生のことですか……？」

「そうそう、御陵先生」

　どうもこの辺りではちょっと有名らしい。一昔前とは言え、大ベストセラー作家なのだから不思議ではないけれど、キツネという呼ばれかたが気になった。

「どうしてキツネなんですか？」

「そういえばどうしてかな？　いつの間にかここらの人間はそう呼ぶようになったんだよ。一族の残した古い屋敷にひとり、世間と隔絶《かくぜつ》した暮らしをしてる。いかにも怪しげな感じなんだよ」

　そのときわたしは、昨日千豊さんが言っていた言葉を思い出していた。

　参考までに、御陵先生はどんな人なのかと尋ねたところ、千豊さんはこう言った。

「不吉な虹」

質問に対する答えとしておよそ登場するはずのない言葉が聞こえて、わたしは思わず千豊さんの顔をうかがってしまった。

「わたしが言ったんじゃないのよ。ある文学作家がその人のことを指してそう表現していたの。氏はまさに『不吉な虹』のような人物である。でも、わたしは言い得て妙だと思う」

不吉な虹。

キツネ先生。

謎は深まるばかりだったが、あれこれ想像を巡らせる前にタクシーは目的地に到着した。

「ま、がんばんなよ。帰りも呼んでくれればすぐに来るから」

わたしを降ろすと、運転手さんはそう言って走り去った。

背後を振り返ると、土塀《どべい》に囲まれた黒瓦のお屋敷がわたしを迎えた。

「ごめんください！　百万書房の平摘です！」

インターフォンらしき物が見当たらなかったので、玄関戸の前から大声で呼びかけた。少し待っているとやがて玄関口に和装の女性が顔を出した。切れ長ながら、どこか憂《うれ》いを帯びた瞳。きっちりと結い上げられた黒髪。この屋敷の雰囲気にまさにぴったりの女性だった。

「お待たせしました。百万書房の方ですね。お電話でうかがっております。御陵です」

そう言って先生はわたしに対して深々と頭を下げた。

「……あ、いえ、その！　はじめまして！　平摘栞です！」

慌ててこちらも頭を下げる。

「平摘さんですか……。中へどうぞ」

「お邪魔します」

靴を脱ぎかけたとき、下駄箱の下からなにかがはい出してきた。

「あっ、先生、ムカデです」

結構大きい。七、八センチはある。

「まあ、本当に。いやだわ、この時期は多いんです。山も近いから……。困ったわ」

「任せてください」

もう一度靴を履《は》き直し、つま先でムカデを玄関の外へ誘導した。根本的な解決にはなっていないけれど、いきなり踏みつぶすというのも気が引けたのだ。

「平摘さん、女の子なのにあまり虫を怖がらないんですね」

「アハハ……田舎育ちなもので」

「わたしは苦手だから頼りになるわ」

中へ通され、客間で座布団を勧められた。

まず先生に名刺を渡し、それからお茶をご馳走《ちそう》になった。

「それにしても驚きました。御陵先生が女性だったなんて。し、しかも」

すごく美人。

そのときのわたしは、端《はた》から見ればなにか厄介《やっかい》な病気にでもかかっているのかと心配されるくらいソワソワと落ち着きがなかった。自分が憧れの作家の家に上げてもらっているということや、その作家が実は女性だったという事実に、脳内の処理が追いついていなかったのだ。

先生は恥ずかしそうにうつむいた。

「ここへいらっしゃった編集の方は皆さんそう言って驚かれます」

その仕草も絶え間なく美人だ。

少しかすれた声。可憐《かれん》なしゃべりかた。それらも彼女の持つ雰囲気によく合っている。

「改めまして、この度わたしが先生の担当をさせていただくことになりました。よ、よろしゅうお願いします！」

へへー、と平伏《へいふく》という名の土下座をしてみせると、先生が可憐に笑った。

「面白い人。栞さん……あ、栞さんと呼んでもいいですか？」

「はい！　栞でもしおちゃんでも！」

「栞さんは中国地方のご出身？」

「え？　よ、よく分かりましたね。その通りです」

「今、少し方言が」

自分では気づかなかったが、わたしは恥ずかしさに顔を覆《おお》いたくなった。

「すみません！　緊張したり感情が高ぶったりすると無意識に出ちゃうんです」

地元の大学を卒業し、この春に東京へ出てきたばかりなのでまだまだなまりがぬけない。編集部ではまだ指摘されたことはないけれど、それも時間の問題かもしれない。

「あの、それで早速なんですが！」

前置きもそこそこに仕事の話を切り出す。

「こうして担当にならせていただいたのもなにかのご縁ということで、ぜひとも先生には満を持して新作をですね……」

「ああ、そう言えば今お昼を作っていたところなんですっ」

が、途中で先生は腰を浮かせてしまう。嬉しそうにポンと手まで叩いて。

「栞さん、もしまだでしたらご一緒にいかがですか？」

「え、あ、そうですね！　腹ぺこです！　じゃなくて！　厚かましくてすみません……」

時刻はちょうどお昼時。腹ぺこなのは事実だった。

「それならよかった。ちょうど新鮮な初物があるんですよ」

「え？　初物？」

そう聞いてとっさに思い浮かんだのはさっき町で見送った鰹だった。

「いや、でも初鰹は五月くらいだったような」

なんにせよ楽しみには違いなかった。

それから御陵先生はせっせと小皿や箸《はし》をテーブルに運び入れはじめた。手伝いましょうかと申し出たのだが、お客様はゆっくりしていてくださいと言われてしまった。仕方がないので座布団の上で料理が運ばれてくるのを待つ。

それにしても妙なことになったなと思う。まさか手料理をご馳走になるとは思わなかった。

「でも、噂に聞いていた印象とはずいぶん違って……なんていうか、すっごくいい人だ……」

玄関でも丁寧に対応してくれたし、話もしやすい。不吉でもなければキツネでもない。

大方作家という特殊な職業をしていることから、妙な噂が立ち、そこに尾ひれがついて出版業界に広まってしまったのだろう。

「お待たせしました」

お吸い物や炊《た》きたてのご飯に続いて先生が最後に持ってきたのは、大皿に盛りつけられた天ぷらの盛り合わせだった。

「あ、かき揚げですか？　わたし大好きです！　いただきます！」

喜び勇んで手を合わせる。

箸を手に、早速かき揚げを自分の小皿に取り分けた。

「このあたりで取れた物を材料に使っているんです。郷土料理と言ってもいいわね。お口に合うといいんですけど。料理って地域によって味付けも素材もずいぶん違うでしょう？」

「いえいえお気になさらず。わたし、なんでも食べますから！」

「好き嫌いのない人なんですね」

先生は少女のようにはにかみ、わたしの分のご飯をよそってくれた。先生は十年以上前から小説を書いているはずだから、少なくともわたしより一回りは年上のはずだが、とてもそんなふうには見えなかった。

若さの秘訣《ひけつ》はなんだろう、などと考えながらかき揚げにかじりつこうとした直前、わたしの手が止まった。口も止まった。

「あの……先生……」

先生は優しい微笑みを浮かべ、まるで愛情深い母親のように、言う。

「たくさん食べてね。栞さん」

箸で摘んだかき揚げの一部分から具がはみ出している。遠目になんとなく見たとき、わたしはそれをニンジンかゴボウの細切りだろうと思っていた。

「実はあなたが来ると聞いて多めに作って待っていたんですよ」

けれど、そうではなかった。そんな物ではなかった。

「先生……さっき初物って言いましたよね……？」

「ええ、この夏の初物です。はじめて獲った物です」

「こ、こ、こ、これって……もしかして……」

間近で見たことで、わたしは自分が食べようとしていた物の正体に気づいてしまった。

「ええ、この近くで取れた――ムカデです」

わたしは箸を放り出してうしろにひっくり返った。そのときのわたしの悲鳴は「ぎゃー」とか「わー」という文字では表現できない響きのものだった。

「お代わりはたくさんありますからね」

緑側からは広々とした庭が見える。風情《ふぜい》のある庭木に、年季の入った蔵。立派と言ってもいい景観だ。けれど、あまり手入れが行き届いているようには見えなかった。地面に落ち葉が積もっている。今年の冬の物だろうか。

＊

目覚めたとき、わたしの視界にはそんな風景があった。

身体を起こし、周囲をうかがう。そこは客間横の縁側だった。

「あれ……？　ここ、先生の家の……。わたし、気を失って……ムカデ……そうだ！　あのかき揚げ！」

失神する直前の記憶が戻り、慌てて客間のテーブルを確認する。しかし、料理も皿もきれいに片付けられていた。

「あれは……夢？　先生は……？」

御陵先生の姿はなく、周囲は静まり返っていた。なんとも言えないあやふやな気持ちのまま客間を出た。

いくつかの部屋を覗《のぞ》いてみたが、人の気配はなかった。

どこからが現実で、どこからが夢なのか分からなくなってきた。そもそも、わたしは本当に御陵先生と会ったのだろうか？

ふすまの並ぶ廊下の途中に、洋風のドアを見つけた。ドアノブもしゃれている。

「ここ……書斎かな？」

これが普通の状態ならわたしもノックをして誰かいないか確かめたのだろうけれど、このときのわたしにはそんな余裕などなかった。ただこわごわと中を確認するので精一杯だった。

中は予想通り、書架の並ぶ書斎だった。それほど広くはないが、積み上げられた本の数は尋常ではなく、古書の匂いが鼻をついた。

「あ、よかった……」

思わず声に出していた。

書斎の窓際に木製の机があり、そこに先生が座っていたのだ。それで先生の存在だけは確かなものとなり、ひと心地ついた。様子をうかがいながら声をかける。

「あのう……平摘ですー。百万書房の平摘ですー。わたし、失神しちゃってたみたいで……あ……ああっ！」

こちら向きに座っていた先生の姿にわたしは妙な違和感を覚え、それから最後には驚愕《きようがく》した。

なにか書き物をしていたらしい先生は、そこで手を止めて顔を上げた。

「もう目覚めてしまったんですか。参りましたね。この姿を見られてしまうとは」

「そ、それ……！　その……姿……」

たまらず先生の胸元を指差す。着ている物は、変わらず藍色《あいいろ》の女物の着物だった。ただ、その胸元は大きく、無遠慮にはだけられていた。違和感はそこにあった。

そのはだけた胸元に、乳房は見当たらない。それは紛《まぎ》れもない男性の胸元だ。

そして決定的だったのは、先生の声だ。

「その声……。あの、あなたは御陵先生……ですよね？」

声が、低い。さっきまでとは似ても似つかない。その声は明らかに男性のそれだった。

「なにを言っているんですか栞さん。さっき自己紹介したじゃありませんか。わたしは、御陵或ですよ」

彼は、結い上げていた髪を煩《わずら》わしそうに解《ほど》き、口角を吊り上げた。

「あ……」

わたしはもう、叫ばずにはいられなかった。

「あんた、男じゃったんかー！」

まったく、キツネに摘《つま》まれた気分だ。

*

わたしの腕時計は午後一時半を指していた。一時間近くも気を失っていたことになる。

その一時間の間に御陵或の性別が変わった――などということはもちろんなかった。

彼は女装していたのだ。

先生は書斎にわたしがいることにもおかまいなしでするすると帯を解き、着物を脱ぎはじめた。

「あの……」

「覗きですか栞さん。そういう趣味があるんですか？　若いのに感心ですね。変態ですね」

不当な烙印《らくいん》を押されてしまった。その間に先生は慣れた手つきで男物の絣《かすり》の着物に着替え終えてしまう。

そうすると、目の前にいるのはもうどこからどう見ても男の人でしかなかった。声色はもちろんのこと、顔の表情、所作、立ち姿、すべてががらりと変わった。

「せ、先生……なんで女装を？」

それこそそういう趣味だろうか。

「これは自分なりの執筆法の一環です」

「執筆法？　それがですか？」

「文章には性別があるのです。女性の文章が必要とされる場面では女になる。男性の文章が必要なときは男になる。そういうことです」

「……言ってる意味がよく分かりません。女性の登場人物を書くときは女になり切って書くとか……そういう話ですか？」

そう尋ねると先生は机を強く叩いた。

「違います！　そういう話ではありません！　もっと根源的な性別の違いがあるのです。物を書くとき、わたしはわたしの中の女を犯しているし、その反対だってある」

「はい……？」

ますますわけが分からなくなった。

先生は当然でしょうという顔をしている。

「そ、それはそれとして……それならあのムカデは？　あれもなにか執筆と関係が？」

「いえ、あれはただのドッキリです」

リした！」

「質《たち》が悪すぎます！　で、でも、ドッキリならあれは作り物だったんですね。あービック
「いえ、本物です」

「ドッキリの範疇《はんちゆう》を越えとりますよ！」

「なにを言うんです。ムカデは、食用はもちろん漢方医学でも使用されています。食べても死にはしません」

「そ、それじゃ先生は普段あれを主食にしているんですか？」

「ふざけないでください。ムカデなんて食べるわけないでしょう」

「ふざけとるのは先生です」

「今日のためにせっせと小瓶に集めておいたんです。栞さんに嫌がらせをする。それを目標に」

先生は拳を振り上げて力説する。

「うう……もういいです」

わたしは力なく壁に寄りかかって自分の身体を支えた。

千豊さんの言ったことが今分かった。確かにこの人は不吉な虹だ。とても、ひどく美しいけれど、近寄るとろくなことがない。

わたしは咳払《せきばら》いをひとつして気を取り直すと先生に詰め寄った。

「分かりました。女装のこともムカデかき揚げのこともひとまずよしとさせてください。ちっともよくはないですが！　とにかくここからは真面目にお仕事の話をさせてください」

先生はわずかに意外そうな、驚いたような表情を浮かべた。

「驚きました。あんなことがあってまだ居座ろうというんですか？」

「当たり前です！　わたしは編集として、先生の担当としてここに来たんです。なにもせず東京に戻るわけにはいきません！」

「それなら名物のしらす丼でも食べて帰ればよろしい」

「あ、それならすでに帰りに寄るお店は決めてあって……じゃなくてですね！　先生、わたしと一緒に新作を作りましょう！」

「ちょっと裏の畑の様子を見てきます」

「はーい。いってらっしゃ……待ってくださいってば！」

平然と脇を通り抜けようとする先生を、わたしは両手を広げてさえぎった。

「『ここでおめおめと帰ったのでは編集長に合わせる顔がない。かくなる上は座り込みや土下座をしてでも頼み込もう、と栞は思った』」

「いきなりなにを言って……」

「『いや、ここはさっきのかき揚げをすべて食べ切って根性を見せつけよう。そうすれば御陵或も認めてくれるかもしれない。栞は決意を固めた』」

「勝手に地の文をつけくわえないでください！　土下座もしないし、食べませんからね！」

「土下座はさっき客間でやってたじゃないですか。へへーとか言って」

「やっ……たような気はしますがそれはそれとして！　わたし、先生の書かれた『アイとはなんでしょう』をこれまで何度となく読みました！」

「あれを、読んだのですか。あなたが」

「はい！　わたしにとって特別な作品です。あれからもうじき十年、今でもきっとたくさんの人が先生の新作を心待ちにしているはずです！　わたしのような新人を担当にあてがわれて気乗りしないかもしれませんが、それでも――」

言い募《つの》るわたしを制するように、先生は言った。

「申し訳ないが栞さん、わたしにはもうあれ以上の小説は書けません」

「え？」

「あなたが新人だからどうとか、出版社を選《え》り好みしているとかそういう話ではない。書きたくとも、納得の行くものが書けなくなってしまったのです」

「書けないって……それじゃずっと新作を発表していなかったのはそれが原因で……？」

「他に理由なんてありません」

「それなら一緒に書くべき題材を探しましょう！　納得のいくテーマで執筆して、新作をファンの人たちに届けましょうよ！」

「つまらない方便ですね。ちっとも面白くない。ユーモアもない」

そう言うなり先生はわたしの襟首《えりくび》を摘んで玄関のほうへと引っ張っていった。

「あっ！　待ってください！　もう少し話を……！　新しい世代に新しい物語を届けましょうよ！」

「あなたの言葉は退屈です」

「痛《いた》あ！」

こちらも必死の抵抗を試みたものの、あえなく表に放り出されてしまった。ピシャリと玄関が閉じられる。

「先生！　話を聞いてください！　先生ほどの人が筆を折るなんて文壇《ぶんだん》の損失です！」

それでもわたしはなお戸に追いすがり、しつこく呼びかけた。ここで、こんなところでくじけるわけにはいかない。

「多少時間がかかっても、その気になって探せばきっと先生の書くべき物語がまだどこかにあるはずです！」

屋敷の庭や裏手の薮《やぶ》からは蟬《せみ》の鳴き声が合唱となって聞こえてくる。わたしは蟬時雨《せみしぐれ》に負けないように声を張り上げた。

「御陵先生！　わたし……わたしは……」

このままではまずい。せっかく憧れの作家さんと仕事ができるチャンスなのに、すべてがふいになってしまう。それににべもなく追い返されたとあっては編集長や千豊さんに合わせる顔がない。

隣家はずいぶん離れたところに立っている。表でいくらわたしが叫んでも様子を見に来るような人などいなかった。それだけにいくらでも叫んでいられたが、肝心《かんじん》の御陵先生も顔を出してくれない。

「わたし……どうしても本をたくさん売らなきゃならないんです！　父との約束で……なにがなんでも！　そのためには先生に書いていただかないといけないんですっ！」

追いつめられた状況で口をついて出たのは、私事《わたくしごと》だった。そんなことまで言うつもりはなかったのに、必死で呼びかけているうちについ言葉にしてしまった。気づいたときにはもう遅く、わたしの口は絞《し》め忘れた蛇口のように言葉を吐き出していた。

「うち……どうしても百万部売らんといけんのです！」

最後の一言まで吐き出し切ると、わたしは玄関先でうなだれたまま先生の反応を待った。けれど何分待っても、閉ざされた戸の向こうからはなにも言葉は返ってこなかった。

袖《そで》で涙を拭《ぬぐ》う。

まだ、口の中に言うべき言葉があることに気づいた。

「うう……先生……それからもうひとつ……靴だけは返してくださいぃ……。それ、結構いいヤツなんですぅ……うう」

直後、戸が半分開いた。目の前に先生が立っている。

「今のはちょっと面白かったです」

「え……？　靴の件《くだり》？」

「どうしても百万部売らなければならないという件です。追いつめられて本音が出ましたね。やはり読者のためなどというのは口当たりのいい方便にすぎなかったわけだ」

「ほ、本音って……」

「自分のために是《ぜ》が非《ひ》にでも百万部売りたい。最初からそう言えばよろしい。下らない前置きなど、ここを訪ねる前に庭先のドブにでも流しておけばよかったんです」

「そ、それはいくらなんでも極端……いえ、なんでも……」

先生は戸の残り半分を引いて自らも半身になった。

「上がりなさい。そしてなにがなんでも百万部売らなければならないという、栞さんの事情とやらを話してみなさい。その話が面白ければ、あなたがわたしの担当になることくらいは認めましょう」

わたしは十秒か二十秒の間、玄関先に立ち尽くしていたが、やがて遅れて先生の言葉を理解した。

「あ、ありがとうございます！」

足の裏ではストッキング越しに御影石《みかげいし》のひんやりとした感触を感じていた。

第二章　或いは資料探し

「そんなに娯楽本ばかり読んでも、将来なんの役にも立たん」

　これは、わたしの心に最も鮮烈に残っている父の言葉だ。あれはまだわたしが中学生の頃だったと思う。

　人の心に刻み込まれる言葉というのは、なにも名言至言ばかりとは限らない。中学に上がったばかりだったわたしにとって、その一言は衝撃的だった。

「当時すでに本の虫だったわたしは、別に将来なにかの役に立つと思って本を読んでいたわけではありませんでした。楽しいから、好きだから読む。それだけでした。将来の役に立つと思っていたのにそれを否定されたとなれば、そんなことないよって反発も生まれたでしょうけど。だから父に対してとっさに反発しようという気も起きなかったんです」

　客間に戻るなり、御陵《みささぎ》先生はわたしの対面に腰を据《す》えて腕を組み、それきりなにも口にせず、じっとわたしを見つめてきた。その眼差しに応えるように、わたしは自分と父のことを話した。

「当時のわたしは読書を否定されたことよりも、父親は小説なんてものにはなんの価値も意味も見出していない、そういう人だったんだと気づかされたことにショックを受けました」

それは、それまでなんの疑問も持たずに父の言うことを聞いていたわたしが、はじめて父との間に決定的なずれを感じ、まったく違う人間なんだと気づいた瞬間でもあった。

「父は、さかのぼれば江戸時代から続く古い家柄の嫡男《ちゃくなん》で、その家柄に恥じない学歴と職歴を持つ人です。そんな父の人生観からしてみれば、娘のわたしが熱心に読んでいる小説や文芸というものは、現実に得るもののない作り話にしかすぎなかったのかもしれません」

フィクション。現実にはないお話。嘘。

そう言われても、否定はできない。

けれどわたしはそんな作りごとの世界に救われていたのだ。だから、その後もますますのめり込んでいった。

年頃になれば読書にも自然と飽きるだろう。母曰《いわ》く、当時父はそう踏んでいたらしく、小説など読むなと口うるさく言われたことはなかった。ところが高校に上がっても、大学に入っても本の虫のままだったわたしを徐々に憂《うれ》うようになっていった。

いつかは心を入れ替えるだろうと思っていた娘が、虫のまま羽化しなかったのだから無理もない。

「大学三年の夏、わたしは覚悟を決めて両親に出版社で働きたいと申し出ました」

編集者になって、本を作る仕事がしたい。それは中学生の頃から密かに考えていたことだった。だからそれだけに強く、強く、訴《うった》えかけた。

そうしたら、とうとう父が本格的に怒った。

「『このバカ娘が！　出版社⁉　ふざけとるんか！　おまえにはいくつかええ縁談話も来とるいうのに！　なんじゃ編集って！　ホッチキスで紙を留めて冊子を作る仕事か！』そんなふうに言われました」

もちろん出版社は印刷所ではないから本は作らないし、製本にホッチキスも使わないのだが、とにかく父は頭に血が上っていたのだ。

「けれど、栞《しおり》さんも引き下がらなかった」

「はい。こう言い返しました。『違う！　編集者っていうのは、言葉を、情報を、美しい模様に編んだり集めたりする仕事じゃ！』」

「で、父親はなんと？」

「『詩的すぎて意味が分からん！』と……」

「でしょうね」

「はい……」

過去のこととはいえ、自分の渾身《こんしん》の言葉を先生からもバッサリ切られてわたしは少し落ち込んだ。

「それで、続きは？」

「はい。それから……」

父と娘は互いに座布団から立ち上がり、にらみ合う始末。母は間に立って静めようとしてくれたが、そのときばかりは焼け石に水だった。

『もういい！　出て行く！　今までお世話になりました！』

業を煮やしたわたしは、まるっきり子供みたいな台詞を吐いて座敷から出て行こうとした。いい齢の娘が人生初の家出を試みたわけだ。

「そうしたらなにを思ったのか、父は突然背後に回り込んでわたしのことを羽交《はが》い締《じ》めにしてきたんです。行かせはせぬ。行かせてなるものか——という具合に」

「いいですね。面白くなってきました」

「それだけならまだよかったんです。だけど、逃れようともがくうちに父の腕がわたしの首元にきれいにロックされて……」

「もしや」

「はい。そのまま絞め落とされてしまいました」

「失礼」

　そこで先生はふいにわたしに背を向け、明後日《あさって》のほうを向いた。

「あの……先生?」

　肩が震《ふる》えている。笑いをこらえているようだ。

「父が柔道の有段者であることは知っていましたが、まさか自分が絞め落とされるなんて夢にも思ってなかったです。あ、絞め落としちゃうんだ。自分の娘を。と、目覚めたあとでそりゃあ驚いたもんです」

　また先生の肩が震えた。

　わたしはさらに続ける。

「そして、それが後《のち》に親戚一同の間で伝説として語られる『平摘《ひらづみ》家絞め落とし事件』である」

「やめなさい。継ぎ足し継ぎ足しで面白い感じにしていくのはやめ、やめなさい」

　まだ笑いをこらえようとしている。

　あとで母から聞いたところによると、あんまりわたしが聞き分けないので腹が立ってつい絞めてしまった、とのこと。つい、で失神させられてはたまらない。

「それはそれとして、そんな事件が起きるほど反対された栞さんは、それでも今はこうして現在の出版社で働くことができている」

「はい」

「父親からなにか条件を出された。そして栞さんはそれを呑《の》んだ」

「その通りです……。父は言いました。『万が一どこかの出版社に引っかかるようなことがあれば、そのときはひとまず編集者として働くことを認めよう』と」

そしてその言葉のあとに『ただし条件がある』とつなげた。

「『三年以内に百万部のベストセラーを出してみせろ』それが父の出した条件です」

どこから入り込んだのか、それとも先生が飼っているのか、白地に茶色の玉模様の猫が縁側に上がり込んでいた。

「なるほど。それで百万部、ですか」

「はい。それだけ売れたなら、おまえには編集の才能があるということだ。だがそれができないときはきっぱり仕事を辞め、見合いをして結婚しろ。その言葉を背中に受けながら、わたしは出版社の面接に赴《おもむ》きました」

「その条件のこと、編集部の方々は知っているのですか？」

「いいえ。誰にも話しとりません。これは家庭の事情にすぎませんし、変に気を遣ってもらうのも避けたかったので。もちろん一編集者の目標として百万部売りたいです、というくらいのことは言いましたが」

まだ名も知らない縁側の猫は、なにをそんなに入念にすることがあるのだろうと思うくらいに時間をかけて自分の毛並みを整えている。わたしはそちらのほうへ視線を投げながら、言った。

「十万部でもベストセラーと言われる昨今、百万という部数が簡単なことでないことは重々承知しています。でも、与えられた三年という期間の中でやれるだけのことをやってみるしかない。そう思ってわたしは……わたしなりに……」

話しているうちに入社初日から今日までのことはもちろん、何度も落とされながらそれでも色んな出版社へ面接に行った日々のことまでが思い出された。

「だけど御陵先生はいきなりうちに多足類を食わせようとしてくるし、玄関先には放り出されるしで……やっぱりうちに百万部なんて無理で、結局実家に戻って結婚するしかないんかと思ったら情けなくなってきて……。もしこれで先生に見捨てられたらと思うと……あ、ダメです……ダメ……うち、泣いてしまいそうじゃあ……！」

目頭が熱くなってきた。けれど、ここで泣いてはいけない。泣いたらなにかが折れてしまいそうだ。

　わたしはテーブルに両手をついて先生のほうへ身を乗り出した。

「先生、どうじゃろうか、なんとか新作を……。わたし、本を作る仕事……続けたいんです。本が……好きなんです」

　そしてなによりわたしはあなたの本を読んでこの仕事に——。

わたしのおでこを手の平で押し返しながら、先生は言った。

「栞さん、さっきから方言がだだもれですよ。あなたの熱意や決意はこの際どうでもよろしい。ただ、話は分かりましたし、なかなか面白くもあった」

「そ、それじゃ、書いてもらえるんですね！」

「誰がそんなこと言いましたか」

「だって、わたしの話が面白ければって、さっき……」

「あなたをわたしの担当として認めると言っただけで、新作を書くかどうかとは別です」

「そんなあ！」

　御陵先生はほとんど音もなく立ち上がると、縁側へ出た。それを察した猫が先生の着物の足元にまとわりついた。

　先生は迷惑そうにしっしと足で猫を押すが、猫はますますじゃれついてくる。よっぽど一方的に好かれているようだ。

「わたしは別に作家として筆を折ったわけではない。どうでもよい駄文ならすらすらと書けるでしょう。だがそれではダメなのです。わたしの胸の内には理想がある。理想の文字の配列が。納得のいく形でそれを出力できなければ、作品として発表などとんでもない」

「お気持ちは……」

言いかけて、わたしは口をつぐんだ。分かります、などとは言えなかった。わたしは編集者であって、作家ではない。軽々しく分かるなどとは言えない。

先生はしつこい猫を嫌そうに抱き上げると、庭を囲う塀《へい》の向こうの空を見上げた。そして独り言のようにこう言った。

「ただ、言ったように理想ならある。胸に浮かぶ物語はあるんです。書けるかどうかは別としても。しかし、それを納得のいく形にするためには、いくつか資料も集めなければいけませんね」

「は……はあ……」

「鈍《にぶ》いですね。わたしの必要とする資料本を集めてきなさいと言ってるんです。嫌とは言いませんよね？　担当さん」

「え……？　それって……つまり……」

振り向かない先生の代わりに、抱かれた猫がわたしのほうを見ていた。

「は、はい！　もちろんです！　任せてください！」

わたしは痺《しび》れかけていた脚のことも忘れて座布団から立ち上がっていた。

＊

東京へ戻って数日も経つと月の第一週が終わり、編集部は一気に繁忙期に突入していった。

百万書房《ももよろず》は月刊誌をひとつ発売している。

月間総合文芸誌ルサンチ。創刊されて二十年以上になる文芸誌だ。

その内容は敷居の高い文学だけではなく、若者向けのエンタメ、果ては漫画文化やネット、ファッションやライフスタイルに関する記事など幅広い。

ルサンチの発売は二十五日。校了はおよその二週間前。校了に向けてもっとも忙しくなるのがちょうど今くらいの時期になる。

カメラマンとの写真決め、各ライターから送られてくる原稿のチェックと直し、ページのデザイン決め。そういった出入りの業者の人たちとの諸々の打ち合わせをこなしていくだけでも日はあっという間に暮れていく。

部内の誰もがたいていなんらかの記事も受け持っているため、皆それぞれ目の回るような忙しさに追われていた。顔は見るからに疲れ切り、精神的にも余裕を欠いていた。

誰かが帰り際に人の机の上に置いておいた確認用原稿の、その置きかたが気に食わないというだけの理由で「これ置いたの誰だ！」と部署に声が響くほどだ。

担当する書籍の進行、任された数頁《ページ》の雑誌記事。少しずつ抱える仕事が増えていくにつれ、わたしは経験値不足のために右往左往する場面が増えていた。

「ぎゃー！　お茶こぼした！　書類に！」

「平摘なにやってんの！　すぐコピー取り直してきなさい！」

「はい！　……ひー！　コピー機から聞いたことのない警告音が！」

「平摘なにやってんだ！　へんなボタンは押すなとあれほど……！　ミスしたコピー用紙はシュレッダーにかけとけ！」

「はい！　……いやー！　シュレッダーが詰まりました！」

「そんなにいっぺんに突っ込むヤツがあるか！　育ち盛りのヤギじゃねえんだぞ！」

当然、千豊《ちとよ》さんや長谷川《はせがわ》さんによく叱《しか》られもした。本当によく叱られた。けれど本や作家さんの近くで仕事ができることがなにより嬉しく、疲れは感じなかった。

そして情熱だけを武器に嵐のような校了を乗り越え、時間的余裕を手に入れたわたしは仕事の合間を見つけては神保町《じんぼうちょう》の古書店を巡《めぐ》っていた。

「今日も行くの？　あんたもめげないわね」

その日は出掛けに、打ち合わせから戻ってきた千豊さんと鉢合わせた。

「はい！　これは御陵先生とわたしの勝負ですから！」

拳を振り上げ、覚悟のほどを披露してみせる。千豊さんは呆《あき》れ顔だった。

「それにしても、あんたよくあの御陵或《あるい》に食らいついたわね。散々な目にあわされたんでしょ？　大したガッツだわ」

「はい、散々でした。本当に……ひどい目に……」

「詳しくは聞かないでおくわ……。それで、先生から小説を書く代わりの条件として資料探しを命じられたんだっけ？」

「はい。それも一冊や二冊じゃないんです」

「どれくらい？」

「渡されたリストでは……ざっと三百五十冊」

「げ……」

「それでも何割かはもう書店で見つけて手に入れたんです」

今、わたしの自宅にはそうして集めた百冊以上の本が積み上げられている。御陵先生からは、ある程度までそろったらまとめて郵送しろと言われている。

「作家の人ってひとつの作品を書くのにあんなに資料を必要とするんですね。わたし、はじめて知りました」

「そこはまあ作家さんによりけりだと思うけど、中にはそういう人もいるわね。これはちょっとした逸話だけど、かの司馬遼太郎《しばりようたろう》先生は『龍馬《りようま》が行く』を執筆される際に数千万もの費用を投じて資料本を集めたそうよ。私が直接この目で見たわけじゃないから真偽のほどは定かじゃないけどね」

「す、数千万……」

「今の価値に直すと……数億円？」

続けて億の単位を聞かされて、もはや驚きの言葉も出せなかった。

「神田《かんだ》中の古書店から龍馬関連の本が消えた、なんていう嘘のような話よ。そう考えると平摘の命じられた三百五十冊が可愛《かわい》く思えてこない？」

「はい！　かわいいです！　キュートです！」

「よし、その意気だ！　平摘の芸術的な単純さ、嫌いじゃないわよ！」

「ありがとうございます！　だけど、何冊かどうしても見つからないものがあるんですよ」

「例えばどういうの？」

「『江戸から明治にかけて書かれた便所の落書きについての詳細な資料本』とか」

「……そんな本、存在するの？」

「分かりません……。だけど先生はあるはずだからと」

　必ず見つける。見つけなければならない。その一心で毎日神保町に立ち並ぶ古書店を端《はし》から順番に当たっている。今のところ収穫はないけれど。

「そのがんばりは認めるけどね平摘、いつまでも御陵先生ひとりに執着《しゅうちゃく》してもいられないわよ。そろそろ次の企画会議でしょう」

「そのことならご心配ご無用です」

「ご、が多いわよ」

　わたしは自分のカバンからファイルを取り出し、千豊さんに披露《ひろう》した。

「これ、企画資料？　へえ、ちゃっかり新しい企画もまとめてたのね。作家は酒枝矢文《さかえだやふみ》か。中堅どころで実力もある人ね」

「はい。以前読んだ先生の作品が心に残っていたので」

「昔うちの雑誌でも書いてもらったことあったはず。十二月発売目標か」

そう、千豊さんの言う通り、わたしは百万書房の社員なのだ。御陵先生だけを追い続けているわけにもいかなかった。社員である限りは定期的に企画を立て、新刊を出し、利益を出さなければならない。

「今度は無事通るといいんですけど」

千豊さんは驚くような速さで資料に目を通すと、それをわたしに返した。

「まあ、これといって奇抜《きばつ》さはないけど、新人のあんたがまずやってみるには悪くないと思う」

「ありがとうございます！」

「なにより酒枝先生は常識ある大人だしね」

「ああ……」

御陵先生が比較対象になっていることはわたしにでも分かった。

そしてさすがというべきか、千豊さんの慧眼《けいがん》に間違いはなかった。翌週の企画会議で用意したわたしの企画は辛《から》くもとはいえ、無事に通り、わたしは企画に向けて具体的に動いていくことになった。

酒枝先生との顔合わせは月末に実現した。その日もわたしは仕事の合間に資料探しにいそしんでいたが、顔合わせ兼、打ち合わせのためにそれを早めに切り上げて電車に乗り込んだ。行き先はこれまで訪《おとず》れたことのない町だった。普段ほとんど利用しない路線に乗り、降りたことのない駅で降りた。メモの住所をスマートフォンの地図で検索し、下町の雰囲気の残る路地を歩く。

そうしてたどり着いたのは、薄いレモン色の壁の一軒家だった。それはなんというか、実に庶民的で、作家というイメージからは少々外れた外観だった。いや、そう感じるのは最初に御陵先生のような規格外を目の当たりにしてしまったせいかもしれない。

表札には田辺《たなべ》と書かれてある。酒枝先生の本名だ。

インターフォンを押し、少し待つとスピーカーから女性の声で返事があった。

「わたくし、百万書房の平摘と申します！」

「はい、うかがっております。ご苦労様です」

玄関を開けたのは三十代後半くらいの柔和《にゅうわ》そうな女性だった。手に丸めた黄色い布を持っている。なにかと思ったらエプロンだった。慌てて外しながら玄関まで出てきたのだろう。その人は酒枝先生の奥さんで、名前を都子《みやこ》さんと言った。

中に通されると、当たり前ながら他所《よそ》の家の匂いがした。

「すてきなお家ですね」

感想を述べると都子さんは恥ずかしそうに笑った。実際、中に通してもらうと、壁紙はしゃれていたし、掃除も行き届いていた。

「思い切って買ったんですよ。といっても、もう五年になるかしら。子供が大きくなる前にって」

「そうでしたか。お子さんがいらっしゃるんですね」

「ええ、上の子は今年高校受験なのよ」

ということは下の子もいて、少なくとも子供はふたりいるということになる。こういう話だけ聞いていると、あまり作家さんの家を訪れたという感慨《かんがい》が湧かなかった。至って一般的な家庭という感じがする。

「今、書斎で仕事してると思います。どうぞ」

「あの、これよかったらどうぞ」

わたしは銀座好々堂《こうこうどう》の餡《あん》ドーナツを差し出す。千豊さんからのアドバイスで買っておいた手土産だ。酒枝先生の大好物なのだそうで、これを差し入れしておくと筆の乗りが違うとまで言われているらしい。

「あら、すみませんね。ところであなた、はじめて見るわね」

「この春に入社しまして、この度酒枝先生の担当をさせていただくことになりました。今後ともよろしくお願いします！」

「そうなの。元気ねえ」

　都子さんはそのまま廊下の奥の、なんだか懐かしい気持ちにさせられる木目のドアをノックした。

「出版社の方がいらしてますよ。平積《ひらづ》みさんですって」

「いえ、あの……わたしの苗字は……」

「どうぞ」

　ドアの向こうから男性の声がした。

「わたし、お茶淹《い》れてきますね」

　都子さんはそそくさとキッチンのほうへ行ってしまった。わたしは緊張しながら目の前のドアを開けた。

　すると、目の前にとてつもなく巨大な犬がいた。

＊

　事前に目を通した資料によると、酒枝先生は二十四歳のときに作家としてデビューし、現在四十二歳とのことだった。実際に会ってみて、外見の印象は――これはわたしの独断だけれど、映画俳優の石平賢二《いしだいらけんじ》に雰囲気が似ていた。ちなみに石平賢二はものぐさ探偵シリーズの主役として長らく昭和の映画界を牽引《けんいん》した俳優のひとりだ。わたしが生まれる前の作品だけれど、個人的に大好きで何度も見ている。

ただ本人と違って、酒枝先生は青い紐のついたメガネをかけていた。

「すみませんね。コジローは少々人懐っこすぎるきらいがありまして」

「いえ……平気です。ちょっとびっくりしましたけど」

彼の隣には美しい麦色の毛並みを持った大型犬が、なんとも幸せそうな顔をして控えている。この家で十年近く飼われている犬で、名前はコジロー。ゴールデンレトリバーだという。

入室するなりわたしは有無を言わさず押し倒され、さんざん顔を舐《な》め回された。もし仮に今父が無理矢理お見合い話をまとめてしまったとしても、これではお嫁に行けるかどうかちょっと怪しい。

「だけど、いきなりそこまでされた担当さんはあなたがはじめてですよ。気に入られましたね」

そう言いながら愛犬をなでる彼の目は穏《おだ》やかそのものだった。千豊さんから聞いていた印象の通りの人で、一安心だ。

「この度は執筆依頼を引き受けていただき、ありがとうございます」

「いえいえこちらこそ。作家としてまだ求められているみたいで、ほっとしてるよ。ああ、すみませんね。今ちょうど他社の原稿の仕上げをしていたところなんですよ」

　机の上には直筆の原稿用紙が積まれていた。

「手書きなんですね」

「そう。今どきどうしてって思うかもしれないけど、昔からの習慣でね。自分の手で文字を書かないとどうにも気持ちが入らないんだ。データならメールひとつで素早く送れてしまうわけだから、あなたたちにとってはいい迷惑かもしれないけど」

「いえ、そんなことは！　あ、わたしのことならおかまいなく。ここで静かに待っていますので」

「そう？　じゃあ失礼して。すぐに終わるから」

　そう言って先生はくるりと椅子《いす》を回転させ、机に向かった。とたんに部屋が静かになる。ハッハッハという、コジローの呼吸音だけが小気味よく耳に届いた。書斎というだけあって、その部屋にはスライド式の書架が二架並んでいて、そこには古今東西の様々な小説や伝記、資料集といった書物がぎっちりと並べられていた。机も床も分からないほど雑多に本が積まれていた御陵先生の書斎と比べると、細部まで整理整頓が行き届いていた。

興味津々《きょうみしんしん》で棚を眺《なが》めているとそこへ都子さんがやってきて、熱い緑茶と差し入れの餡ドーナツを置いていってくれた。

数分後、机に向かったままふいに酒枝先生が口を開いた。

「平摘さんって言ったっけ?」

「はい」

ちゃんと呼んでもらえた!

「きみ、ずいぶん若そうだけど、新卒で入社したの?」

「はい」

「じゃあ優秀なんだ」

思いもよらないことを言われてわたしはびっくりしてしまった。

「そんなことないですよ。これでも方々の出版社を受けて、これでもかというほど落とされまして……」

現実の厳しさにすっかり打ちのめされていたわたしを、最後の最後で拾ってくれたのが百万書房だった。もしわたしが本当に優秀なら、今頃は千代田区に巨大なビルを構えている大手に勤めているはずだ。

「いやいや、新卒で入るなんてそれだけで十分優秀だよ。ぼくは作家であって編集じゃないから聞きかじっている程度だけど、普通、出版社が採るのはほとんどが中途採用だよ」

「そ、そうなんですか……？」

いや、言われてみると参考になればと読んだ本でそういう話を目にした気がする。

酒枝先生は続けて問いかけてきた。

「そう言えば昔、百万書房さんの雑誌に連載させてもらったことがあるんだけど、平摘さんは知ってるかな？」

「はい、聞いております。弊社の雑誌、ルサンチに書かれていたと」

「そう、ルサンチ。もう五年になるかな。懐かしいなあ。そのときの連載が後に単行本になったんだけど、まあ、売り上げのほうは……」

先生の声が少し低くなった。というよりも、暗くなった。

「え、えっと……」

とっさにフォローの言葉が思いつかなかった。

酒枝先生は左手を原稿の上に乗せる。

「この原稿も年内には単行本にまとめてもらうことになっているけど、何部刷ってもらえるか……未来はそれほど明るくないね」

「今度弊社で出していただく新刊では、どんと景気よく十万部といきましょう！」

拳を振り上げてそう言うと、酒枝先生が少し眠そうな目をこちらに向けてきた。

「十万？」

十万っていくらだっけ？　とでも言いたげな表情だった。

「ハハ、平摘さんの一存で部数を決めることができれば最高なんだけどね」

「そ、そうですね」

現実にはそうはいかない。わたしはすごすごと拳を下ろした。

「ですが、たとえ初版部数が多くなくても、いい作品なら評判になるはずですし、今ならネットの口コミから増刷が決まることだって……」

「今この国で毎年何冊の新刊が出版されていると思う？」

突然角度の違う質問をされて言葉に詰まった。

「それは……今は業界も苦しい時期ですし、年々減少の一途を……」

「約八万点だそうだ。数十年前にくらべて倍以上になっているよ」

「増えてるんですか？」

「簡単な話だよ。一冊一冊の作品が昔ほど売れないから、商品の数を増やしているんだ。薄利多売《はくりたばい》の自転車操業というヤツさ。その八万点の中にはきっといい本もたくさん紛《まぎ》れていると思う。そしてそれらすべての本の作者が今のきみと同じように『口コミで広まりさえすれば』と祈っているんだよ。だけど、町が様々な口コミで溢《あふ》れたら、結局その中でも声の少ないものは埋もれていくことになる。面白い本なのになぜ声が少ないのか。初版部数が少ないからだよ。いくら自分の作品がいいものであっても、そもそも流通している数が少なければ広まる前に埋もれてしまうんだ。ここ十年、ぼくはそれを体験し続けてきている」

だから平摘さん、と彼は言った。

「口コミを費用のかからない、都合のいい魔法だと思っちゃいけない」

そんなつもりはなかった。いや、そもそもさっきのわたしの発言は、そこまで考えてのものではなかった。わたしは、出版社の人間として、本を売るという能動的な行為について、自らの考えというものを持っていなかったことに気づかされた。

「真摯《しんし》に作品と向き合った自分にだけそっと降りてくる、蜘蛛《くも》の糸。数万点のライバルの中で、たまたま自分にだけ差し伸べられる救いの手。誰だってそれを望んでる。だけど、我々作家は、そしてきみたち出版社は、そんなあてにならないものを待ちわびるしかないのかな？」

わたしは両手を太腿《ふともも》の上に置いたまま、しばらく固まっていた。そしてこの家を訪れたときに、作家の人でも意外に庶民的な、普通の家に暮らしているものなんだな、などと考えた自分を恥じていた。

夢の印税生活、などと誰もが言うけれど、その生活にだって内訳があり、現実の数字がある。作家の誰もが百万部売れる時代なんて、昭和にも平成にもなかった。

それでも——。

「それでも……腐らずいい本を作り続けるしかないと思います。それに、いい本は人に届きます」

真っ直ぐに見つめるわたしの視線から、少し照れたように目をそらして彼は小さくうなずいた。

「……そうか。そうだね」

先生は手を伸ばしてテーブルのドーナツを取った。包装を開けながら笑みをこぼす。

「これ、よく知ってたね。ぼくはこれに目がないんだ。特にこの餡が……」

「はい。先輩から教えてもらいました！」

張りつめていた空気が少し和《やわ》らいだ。わたしは肩の力を抜き、お茶に手を伸ばす。

「ああっ！」

ところが一口食べたところで、突然先生がそれまでとは比較にならない大きな声を出した。わたしはお茶をこぼしそうになってしまった。

主人の声に反応したのか、コジローがひと吠えし、嬉しそうに尻尾《しっぽ》を揺らした。

「先生！　な、なにかありました……？」

思わず立ち上がり、恐《おそ》る恐《おそ》る覗《のぞ》き込んでみる。彼の手は震えていた。

「これ……」

「はい……」

「こし餡じゃない……」

「え？」

「ぼくは……こし餡じゃないと……ダメなんだあ！」

＊

編集部に戻るなり、わたしは机に突《つ》っ伏《ぷ》した。うしろの席の千豊さんが栄養ドリンク片手に声をかけてくれた。

「お帰り。ずいぶん遅かったわね」

「はい……。色々ありまして……」

外はもう暗くなりはじめていた。

「依頼のほう、いい感じに引き受けてもらえた?」

「はい、それはなんとかなったんですが……」

「引っかかる物言いね。あ、先生、ドーナツ喜んでたでしょう?」

「それなんですよ！　わたし……粒餡のほうを持って行っちゃって……」

「ええっ！　もーなにやってんの！　出掛けに言ったじゃない。こし餡だって」

「言いましたっけ?」

「言ったわよ」

「しもうたあ……」

「ん?　今のなに弁?」

粒餡だと分かってからの酒枝先生は、嘘のように集中力が切れた。急に無口になり、席を立つことも増えた。あと一歩というところまで迫っていた原稿は遅々《ちち》として進まず、時間だけが流れた。それまでの穏やかで大人な酒枝氏はすっかりなりを潜《ひそ》めてしまっていた。

「凡ミスです……あんミス……」

「わざわざ言い直さなくてもいいから。酒枝先生は今後あんたが担当するんだからしっかり頼むわよ」

＊

翌日は休日で、わたしは一週間ぶりに自分のために時間を使った。引っ越してからまだ荷解《にほど》きしていなかった荷物を整理し、布団を干し、午後からは新宿《しんじゅく》まで足を伸ばして買い物をした。

買ったのは気になっていた新刊の小説と、映画のＤＶＤ。

ＤＶＤのラインナップは『小走《こばし》り万《まん》が一《いち》（死闘編）』『忍法紙風船《にんぽうかみふうせん》』『胃潰瘍《いかいよう》を盗んだ男』。いずれも昭和の邦画で、この趣味は祖父からの影響だ。これに関して大学時代の女友達からは「二十歳そこそこの女としては絶望的な趣味」と揶揄《やゆ》され、母からは「あなたを産む時代を間違えたかしら」と心配される始末。

帰宅してからは好物の歌舞伎揚《かぶきあ》げを食べながらそれらのＤＶＤを楽しんだ。

これは世の常だと思うけれど、休日というものはあっという間に終わる。神様が休日にだけ時計の短針の歯車にモーターを取り付けて倍速で回しているのではないかと疑いたくなるほどに。

体の奥底にはまだ一週間の疲れが残っているような気がした。

それでも翌週月曜日は不思議と仕事の調子はよく、午後の早い段階でその日にやらなければいけない作業は片付いてしまった。

「要領！　これが要領というものなんですね！」

喜びのあまりくるりと椅子を回し、千豊さんに報告すると彼女は親指を立てて言った。

「そう。たとえ自分の器が小さくても、器の形を上手に変えれば昨日よりもたくさんの仕事を詰め込むことができるってわけよ」

暗にわたしの器のサイズが小さいと言われて思わず微妙な顔をしてしまったが、近頃のわたしはそれくらいのことでしょげたりしない。

「そうだ、あれどうなったかなー」

パソコンの前に貼り付き、お気に入りからとあるページを開く。インターネット・オークションのサイトだ。ログインし、自分に関係する情報を調べる。そこには現在自分が入札している商品の写真、自分がそこにつけた値段、落札決定までの残り時間などが表示されている。

千豊さんが興味を示して画面を覗き込んできた。

「なによ平摘。オークションなんてやってるの？」

「私的なことじゃないですからね。ほらこれ」

現在入札しているのは古ぼけた箱に入れられた一冊の書籍で、値段は五万六千円となっている。その値段をつけたのは他ならぬわたしだ。資料代は御陵先生の懐から出ているので遠慮なく投資できる。

「ああ、御陵先生の資料本か。って、しかもこれ前に言ってた江戸時代の便所の落書きのヤツじゃない」

商品の名前は『江戸《えど》・厠風俗史《かわやふうぞくし》（初版本）』。

「ホントにあったんだ……」

千豊さんは呆れ半分、感心半分という調子で言った。

「こんなこと本気で調べて本にした人がいるってことも驚きだけど、オークションでそれを五万いくらで競り合ってる人たちがいることにも驚きだわ」

「この本さえ手に入れられれば、資料本はあと残り二冊なんです！　ちなみにこれ、初版本って書かれてますけど、調べてみたら最初に二百部刷られただけであとは増刷なんてされてないから、そもそも初版しか存在してないらしいです」

「二百部以上の需要がなかったってことね。需要があれば増刷されてるはずだし。なんだか本に携《たずさ》わる人間として悲哀《ひあい》を感じるわ」

「はい。だからこそ書店で探しても巡り会わなかったんですよ。なにせ世界に二百冊しかないわけですから。いや、破損したり処分されちゃったりした物もあるだろうから実際はもっともっと少ないはずで——あ！　今六万円をつけた人が現れました！　なんね時間ギリギリになって！」

「ひ、平摘目が怖い。あんた資料探ししてるうちに変な方向に行きつつあるんじゃないの？　お願いだからいきなり編集辞めて背取《せど》りになるなんて言い出さないでね」

「し！　今大事なとこです！　時間はあと一分！　急いで値段を上げないと！　よし、ここは七万円でどうだ！　ああ！　すぐにかぶせてきた！　は、八万円!?　負けるもんかー！　な、ならじゅ……十万でどうじゃー！」

「……ま、がんばって……」

わたしは先輩にすっかり引かれていることにも気づかず、オークションに熱中していた。けれどその甲斐《かい》あってか、結局十一万円でめでたく落札となった。

「強敵でした……。いったい相手は何者だったんでしょう……」

「はいはい」

しかしこんなにお金を使って本当によかったのだろうか。先生に怒られたらどうしよう。

「でも無事入手できましたし、やっぱり今日は調子いいです！　平摘、この勢いで外に行ってきます！」

勢いに乗ったわたしは会社を飛び出し、神田の古書街へ向かった。まだまだ日差しの強い夏の午後五時、西日を避けるように書店の軒下《のきした》に潜《もぐ》り込み、スマホを覗く。メモには御陵先生から言い渡された、集めるべき資料本の名前や情報がずらりと並んでいる。

今日までに集めに集めたおよそ三百五十冊。ある程度たまると、それらを定期的にまとめて御陵先生の下《もと》へ送るという日々だった。

「それにしても先生、こんなに集めてどんな話を書くつもりなんだろう」

集めた本は内容も年代もまったく一貫性というものがなかった。中には地方のとある僻《へき》地《ち》の村の村史・上下巻や、廃校して今はもう存在しない高校の五十年以上前の卒業文集なども含まれていて、そのあたりはネットからの情報だけでは探し切れず、見つけるのに特に苦労した。

でも今日のわたしは一味違う。残りの二冊は最後まで残っただけあって手強《てごわ》く、なかなか情報が手に入らなかったけれど、そのうちの一冊に関しては、先週のうちに古書店の店長と仲良くなり、すでに情報を得ていた。

話によるとここからそう離れていないところにある会社の社長さんがコレクターで、事務所の書斎に珍しい本を所蔵しており、その中にわたしの探す本が紛れているらしいとのことだった。

わたしはそのまま早速話に聞いた住所へ足を向けてみた。そして聞いていた番地の前に立ったのだが——。

目の前には五階建ての小さなビルが建っている。表に看板らしき物は出されていない。けれどシャッターが降りているわけでもない。ガラス戸を押して一歩中に入ってみると、奥に縦長の看板のような物が見えた。

「……え？　あれ？」

そこには厳《いか》めしい書体で『藤田組《ふじた》』と書かれてあった。

何度も地図を見返したが、ここで間違いなかった。

「会社の社長さんって……え？　ここ、もしかしていわゆる暴力《ぼうりょく》する……そういう会社？」

わたしは建物の前で二の足どころか三の足を踏んだ。けれどなにもしないで引き下がるわけにはいかなかった。怖かったので諦めました、では御陵先生は納得してくれないだろう。先生にはなんとしても新作を書いていただかなくてはならない。

「と、突撃じゃー！」

意を決したわたしは、その事務所の階段を上った。あとから思えば、かなりまずい誤解を受けそうな言葉を発していた気がする。

「姉ちゃん、若いのにそんな本を目当てにうちの事務所を訪ねてくるとはのう。最初はどこの無鉄砲《むてっぽう》な女刑事か思うたが、編集さんにも肝《きも》の据わった女がおるんじゃな」

一時間後、目当ての本は思いがけずわたしの手の中にあった。自ら突撃しておきながら思いがけず、というのも少し格好がつかないけれど。

その初老の男性は、事務所の奥でフカフカの黒い椅子に座り、豪快に笑った。彼がここで一番偉い人なのだそうだ。そばに立っている若い男の人たちからカシラとかオヤジとか呼ばれていたけれど、それに関しては深く考えないことにした。

「うちはあくまで会社としてやっとるけん、肩書きも社長で通しとるんよ。しかし、やっぱり同郷と話すと今でも方言が出るわい」

聞けば社長さんは広島出身で、若い頃地元で上司ともめてすったもんだあり、東京に移ってきたのだそうだった。それこそがわたしにとってひとつめの思いがけないこと、だった。

「あの、この本、ありがとうございました！　しかもただでいいなんて！　わたしにはどうしてもこの本が必要だったので、本当に助かります！」

「ええよ。同郷のよしみじゃ。持っていきんさい。エロくて元気な女は応援しとうなるわ」

「え？」

「そういうの、あんたの趣味なんじゃろう？」

社長さんはニヤニヤしながら本を指した。譲ってもらった本は大正初期に出版された物で、タイトルは『男女慰拾遺録《だんじよなぐさみしゆういろく》』といった。

「それは当時の男女の性生活の実態や、その他性に関する庶民の実態が事細かに記録されとる本よ。学術的な記録でもあるが、かなり卑猥《ひわい》な内容になっとるぞ」

そしてこれが思いがけないことのふたつめ。

「ひ、卑猥……」

「どうしても必要なんですとまで言われたらもう譲るしかないわ」

わたしは顔を真っ赤にしながら事務所をあとにした。しかし本の内容はどうあれ、こうしてまた一冊手に入れることができたのは素直に喜ぶべきことだ。

これで残りあと一冊だ。それが集まれば、堂々と先生に執筆をお願いできる。

＊

物騒《ぶつそう》な雰囲気の事務所から会社に戻ったのは午後七時すぎだった。どっと疲れが押し寄せてきた。

「激動の一日だった……。今日はもう帰ろう」

そう思ったものの、一応気になったので帰りしなに何気なく仕事のメールだけ確認してみた。

酒枝先生からのメールが届いていた。次回作に関する内容だった。さっそく執筆に先駆けて色々と考えてくださっている。さすがベテラン作家。


『お世話になっております。酒枝です。

先日は差し入れをありがとうございました。

次回作について、自分なりにあれこれと模索《もさく》してみた結果、次は今世間で問題になっている生活の格差というものを題材にしてみたいと考えるようになりました。

重いテーマではありますが、自分がこの年齢にして書く意味のあるものだと感じています。

次に主人公についてなんですが、以前別作品で出したあの小野田《おのだ》を主人公として再登場させたいと思っています。そう、あの小野田です。

小野田はあのうだつの上がらなさが編集部での受けもよかったと聞きましたし、こう書くと気恥ずかしいのですが、なんとなく自分の半身のような気もしているキャラクターです。

また、もうひとつの視点として、これもまた別作品『火防《ひもり》』に登場したマリを登場させたいと思うのですがどうでしょうか？　主人公の妹のマリです。

これまで作品間でのつながりを名言したことはありませんが、自分としては常にひとつの大きな世界で起きている物事を切り取って書いてきたつもりです。それを次回作では十分に生かして、さらに広げていきたいのです。

ご意見、早めにぜひうかがいたいです。よければプロットを仕上げます。

よろしくお願いします。』

読み進めるうちにわたしは背中に変な汗をかいていった。

「小野田？　え？　あの小野田？　どの小野田？」

酒枝先生は過去の作品に登場させたキャラクターを新作に再登場させたいと申し出ている。もちろんわたしは担当を任されたときから先生の作品には一作目から目を通しはじめている。けれど、まだすべてではない。少なくともわたしが読んだ中には小野田なる人物は登場していなかったはずだ。

「『火防』も……まだ読んでない。家のベッドの脇に……あったような……まだ買ってなかったような……！　ど、どうしよう！　早めにって仰《おつしや》ってるし、とにかくまずお返事を……」

と、パソコンのキーボードを叩きはじめてすぐに手を止めた。

返事？　なんて書けばいいのだろう？

例えばこんなこんな感じ？


『お世話になっております。平摘です。

次回作に関する構想、ありがとうございます。

早い段階でこうして提案していただき、大変助かります。

ところで小野田って誰ですか？


よろしくお願いします。

百万書房　書籍二部　平摘栞』

ダメに決まっている。失礼がすぎる。担当作家の作品を読んでない、知らないなんて言語道断だろう。

「そうだ！　もう少しフランクな感じで！」

『お世話になっております。百万書房の縁起物、平積みこと平摘です。

さっそく具体的なアイデアを頂けて栞感激です！

こんなに感激したのは中学校の帰り道に、自転車のかごの中にいつの間にかオオクワガタが入っていたのを見つけたとき以来です！

ところで小野田って誰ですか？（ついでにマリのことも教えてくださーい！　なんちゃって）

よろしくお願いします。』

「よろしくお願いします――じゃない！　だからダメだって！　全然よろしゅうない！」

打ち込んだ文字を高速で削除し、代わりにネットで検索する。

検索ワードは『酒枝矢文　小野田』。

結果はすぐに出た。小野田というキャラクターが登場したのは五年ほど前に発表された『天国に値《あたい》する人』という作品で、版元は百万書房だった。先生が以前言っていた、昔ルサンチに連載していた作品というのがこの『天国に値する人』だったのだ。

ちなみに小野田は仕事に疲れた刑事という役どころだった。

「こ、これ、急いで読まなきゃ！　ああ！　でも明日は雑誌の取材同行と打ち合わせだ！　それまでに企画のことも整理して……。どうしようどうしよう！」

わたしは混乱のあまり、はひーとか、もひーとか、とにかく新種の動物のような声を出してしまった。それでも部署の誰も特に気にする素振りを見せない。この程度の慌《あわ》てぶりなどそれほど珍しくもないのだろう。

「ま、待って……落ち着いてっ」

幸いにして今日はもう帰宅するだけだ。つまり時間的な余裕はかなりある。本当は早めに退社して部屋の掃除でもしようと考えていたのだけれど、その予定はなしだ。

わたしは書きかけていたメールの返信画面を閉じて席を立った。

「あれ、栞ちゃん外出るの？」

巳波田《みなみだ》さんが声をかけてくる。巳波田さんは元々文芸の人だったが、現在は新書、ビジネス書を担当している。けれどその明るい性格もあってか、過去に担当した作家さんからはやけに好かれており、今でもしょっちゅうお酒の席や小旅行に呼び出されている。

　仕事以外でそれだけの付き合いをこなしてなお倒れない彼を、わたしはある意味で尊敬している。優しい顔立ちをしているけれど、この人はサイボーグかもしれない。

「出かけるならついでに駅前のあそこのアイス買ってきてよ。カラフルなつぶつぶのヤツが振りかけてあるヤツ」

　すごい人なのだろうけど、巳波田さんはノリが高校生な人だった。

「本屋さんにつぶつぶのヤツは売ってません！」

　早急に近くの書店で『天国に値する人』と『火防』を買って、今晩中に読破し、明日の朝一番までにメールの返事をしなければ。そのときわたしはそう意気込み、実際書店に駆け込んで酒枝先生の本を購入した。自社から出版した本はすべて編集部内に保管されており、買う必要などないということを知ったのはずいぶん後のことだった。

＊

退社後、わたしは家には帰らず四ッ谷《よっや》駅近くにある『ロング・ラン』というバーに駆け込んだ。以前から見かけてはいたけれど、入るのはこれがはじめてだった。店内は半地下構造になっており、クラシック音楽が静かに流れていた。午後八時過ぎ、客はまばらで、その年齢層は比較的高そうに見えた。

店の手前のすみにあるテーブル席に腰を落ち着け、とりあえずフルーツジュースを注文した。お酒はまったく飲めないというわけではないけれど、今はそれを楽しんでいるときではなかった。

飲み物が来る前にカバンの中から『天国に値する人』と『火防』を取り出す。

このお店なら読書にも集中できそうだ。それに、眠くなったからといって横になって眠ることもできない。眠りの誘惑に抗《あらが》うのにもちょうどいい。

他に抱えている作業のことも気になっているけれど、とにかく明日の出社までにこの二冊を読み終え、酒枝先生にしかるべき返信をする。それが今のわたしに課せられた仕事だ。別に誰に押し付けられたわけでもないけれど。

「でもこういうのって、なんだか……本物の編集さんみたい！」

そんな場合ではないのに、つい悦《えつ》に入ってしまう。

「よし、読むぞー……」

小声で気合いを入れ、まずは『天国に値する人』を手に取った。

「ねえ、ひどいですよねぇ！　仕事に必要な本でも、それを読む時間は勤務外なんですよォ！　だからって、あなたの本は読んでいないので一週間ほど待ってくださいなんて言えんよォ！　うち、担当なんですからァ！　これが時間のない校了前だったらもう完全アウトでしたよォ！　うがー！」

真面目に、真剣に本を読んでいたはずなのに、気がつけばわたしは隣のテーブルに座る老紳士に向かって自分の身の上を残らずぶちまけていた。

白髪の老紳士はお腹を抱えて笑いながらわたしの話を聞いていた。

いつの間にこんな状況になったのだろう。そうだ、『天国に値する人』を読み終えて、二冊目に手をつけるその前に少し休憩をと思い、飲み物のお代わりを頼もうとしたときに、この老紳士に声をかけられたのだ。

年齢は六十を少し過ぎたくらい。淡いブラウンのチノパンに水色のセーター、可愛らしい動物柄のネクタイという若々しい着こなしをしていたが、スマートな体型のせいかそれもよく似合っていた。

　彼はたった今わたしが読み終えてテーブルに置いた『天国に値する人』を指した。

「それ、酒枝矢文の本だな。いいよな、その時期の彼。書きたいものへの情熱に溢れている。印刷された活字からその筆圧まで伝わってくるようだ」

　突然そう切り出され、わたしは焦《あせ》った。この作家さんの担当をしている者です、と言うわけにもいかず、結局酒枝矢文の一ファンという立ち位置で通すことにした。

「特に小野田って登場人物がいい。思うにあれは作者に一番近いキャラクターじゃないかな」

「そ、そうなんですよ！　小野田！　わたし小野田が何者なのか知りたくて買ったんです！」

「小野田ファンかい？　若いのに話が分かるね。よし、ここは一杯俺におごらせてくれ」

　そう言うなり彼は手を挙げ、自分のお代わりとあわせてお酒を頼んでしまった。それから付き合いで一杯飲んだのだが、それがいけなかった。

　一杯目で塗装したての消防車よりも真っ赤な顔になってしまい、次いで饒舌《じょうぜつ》になった。そのままあれよあれよと一方的に自分のことを語ってしまったのだ。もちろん自分が編集という仕事をしていることも。

「だいたい世の中に本が多すぎるんですよォ！　読んでも読んでもきりがない！　いや、読みたい本がたくさんあるのは大歓迎ですが……人生の時間が足りん！」

　わたしのとりとめのない話を一通り聞き終えると、老紳士は縁なしメガネを外して自分のグラスを傾けた。

「実にその通り！　だいたい作家は真面目に仕事をしすぎなんだ。毎年何冊も出して！　日々仕事に追われる我々読者の身にもなってもらいたいね。新作はオリンピックみたいに四年に一冊にしようとか、作家同士が示し合わせてくれないもんかね」

「オリンピックですかァ。でも四年どころか八年以上も書かない人もいますから、作家さんも色々なんでしょうねェ。書いて欲しいこっちの身にもなって欲しいですね！　おまけに無茶な条件まで出してきて！」

　わたしの脳裏にはわたしを困らせて嬉しそうに笑う御陵或の顔が浮かんでいた。

「いやー面白いなあんた。しかし聞いたところ編集ってのは大変なんだな」

「奮闘努力の甲斐もなく、毎日失敗ばかりですよー。せっかく今日は調子よかったのに……」

　などと返していると、彼が長財布を手にふらりと席を立った。

「あれェ、もう帰るんですか？　散々わたしの話を聞いておいて自分はなにも言わず去ってしまうんですね！　わたしを置きざりにして、ひとりテクテクと徒歩で家に帰るという行為をしようというんですね！　最低じゃ！　サイテー！」

そのときのわたしは、我ながら最高に面倒くさい女だったと思う。弁解の余地もない。

「すまんすまん。でも仕事の合間の気分転換で出てきたからな、そろそろ戻らんと。おかげで楽しい時間を過ごせたよ。もちろんここは俺のおごりだ。そっちの『火防』も面白いから、じっくり読むといい」

そう言われて、わたしは一瞬にして正気に戻った。

「はっ！　そ、そうだった！　早く読まなきゃ！」

時計を確認すると、すでに日付をまたごうという時刻になっていた。

「ひー！」

わたしは本を読むのは好きだが、かといって読むのが速いわけではない。むしろ楽しみたくてじっくり読んでいた子供の頃の癖のせいか、どちらかというと遅い。読むときに心の中で音読してしまうのだ。

店は朝の五時までやっているので追い出されることはなさそうだったが、いつまでもお酒を傾けているわけにもいかなかった。

「お待たせしました。こちらモヒートです」

そこへ渋めの店員さんがやってきてテーブルにグラスを置いた。

「これ以上わたしを酔わせてどうしようっていうんですか！」

「そんなつもりはっ！」

頼んだのはあなただ。店員さんはそういう顔をしていた。確かに、頼んだのはわたしだった。

本当にこの晩のわたしの醜態《しゅうたい》はなかなかのものだった。

*

結局『火防』を読み終えたのはバーの閉店ギリギリだった。長らく居座ってしまってごめんなさいと店の人に謝り、早朝の歩道を歩いた。半透明のゴミ袋が大量に街灯の下に積み上げられていた。そういえばわたしの住んでいる地区でも今日は燃えるゴミの日だ。

本当は一度自宅に戻ってシャワーくらい浴びてきたかったけれど、そしてゴミも出しておきたかったけれど、視界に自分の布団が入るとそこへ倒れ込んでしまいそうだったので、ぐっとこらえて会社方面へ向かう中央線の始発に乗った。

編集部につくと、わたしは冬眠直前の熊のように自分の机の下に潜り込んだ。皆が出社してくるまでの間に、少しでも仮眠をとっておこうと考えたのだ。会社で眠るのはこれがはじめてだ。

「机の下ってこんなふうになってたんだ」

こんな場所、こんな状態で満足に眠れるのかと心配していたけれど、いざ横になってみると催眠術をかけられたみたいにストンと眠りに落ちてしまった。

身体にちょっとした衝撃を感じて目を覚ましたのは午前十時過ぎのことだった。驚いて身体を起こした拍子に、机の裏でおでこを強打した。

「あ……あれ？　ここはどこ？」

「若い女がなにこんなとこで寝てんだ。寝るなら仮眠室があるからそっち使え」

わたしを起こしたのは長谷川さんだった。

「あ、おはようございます」

「と言ってももう皆出勤しはじめてるけどな。……酒くさいなおまえ」

「もうそんな時間ですか？　さっき横になったと思ったのに……。もしかして今、お尻蹴って起こしませんでした？」

わずかに残るお尻の痛み。

「通るのに邪魔だったからな。さっさと顔洗ってこい」

渡されたのはメンズ用の洗顔料だった。若い女がと言いつつ、女扱《あつか》いされていない。

言われるままにトイレへ駆け込み、きれいに顔を洗って寝ぼけた意識に喝《かつ》を入れた。そうしてから自分が今化粧道具を持っていないことを思い出した。

「見ないでー！　皆さん見ないでー！」

完全なるスッピン顔を両手で隠しながら編集部に戻ると、巳波田さんがわたしを指差して言った。

「しててもしてなくてもあんま変わらないね。しいて言うなら子供。つんつるてん」

「うぎぎ……」

悔《くや》しさで奥歯が鳴った。

「なにやってんのよあんたは」

すると女として見かねた千豊さんが化粧道具を貸してくれた。こういうときのために最低限の物は常備しているという。貸してくれただけでなく、化粧するのも手伝ってくれた。

ああ千豊さん。姐《あね》さんと呼んでいいですか？

「あの、千豊さん、ファンデーション塗りすぎじゃないですか？　もったいないのでわたしには軽くでいいですよ」

「この二十三歳ケンカ売ってんの？」

少しギスギスした雰囲気の中での化粧が終わると、わたしは改めて自分の机に向かい、メールを書いた。

『天国に値する人』と『火防』を読んだ結果思ったこと。先生から提案のあった小野田とマリというふたりのキャラクターは、確かに魅力的な登場人物だった。先生の筆によく馴染んでいて、作家本人との相性がいいのだろうということがよくうかがえた。

率直に『ふたりを登場させることにわたしも賛成です』とメールに綴《つづ》り、伝えた。

＊

その日の夜、会社を出るとわたしは近くの書店に足を向けた。一階にはずらりとレジが並んでいて、色の統一されたエプロンを着用した店員さんが番号札を上げて会計を待つお客さんを呼び込んでいた。その手前の平台の上に新刊各種がジャンル別に並べられていた。

特に出たばかりの人気作は、どうだと言わんばかりに平積みにされている。

平積み——わたしの苗字と同じ響きだ。

書店の棚のスペースには限りがある。しかし新しい本は日々次々と出版される。となれば当然ほとんどの本は背表紙を手前にして棚に並べられる。それが場所を取らない陳列法、いわゆる『棚差し《たなざ》』だ。

その対極にあるのが『平積み』になる。平台と呼ばれる場所に、書籍の表紙を上にして積み上げる方法だ。当然こちらのほうがお客さんの目にとまりやすい。目にとまりやすいということは、売れやすいということだし、そもそも平積みにするためには店にその本がたくさん入荷されていなければ、やりたくてもできない。

あの平台は、本にとって、そしてわたしのような編集者にとって憧《あこが》れの舞台なのだ。

その中の一冊を手に取り、思う。いつかわたしが担当した本がこんなふうに平積みで並ぶことがあるのだろうか。並んだらいいな。

「なんて思うのはおこがましいかなあ……」

そっと本を戻す。

こうして改めて書店にやってきたのは、なにも自分の欲しい本を買うためではなかった。何事もなければ、いずれは酒枝先生の原稿がわたしの下《もと》に上がってくるはずで、そうなれば校正しつつ本の具体的なデザインや書影について考えなければならなくなる。書影というのは書籍そのものの見た目のことだ。本にはカバーという物がかけられており、そこには写真なりイラストなり、必ずなにか視覚的な情報が込められる。カバーは女の子で言えば着飾った洋服だ。料理で言えば器か、あるいは盛りつけだろうか。

とにかく、内容に興味を持ってもらうためにも書影はとても重要になる。おろそかにはできない。

現在書店で平積みされている新刊の書影とはどんなものなのか、またどういうデザインの物がこちらの目にとまるのか。自発的な市場調査にやってきたというわけだ。

それにしても、これまではあまり意識して見てこなかったけれど、こうして見るとどの本も立派な物に思えてくる。当たり前のことだけれど、それぞれの本に作者がいて、担当編集がいて、そこに創意工夫がある。立派に見えて当然かもしれない。

どうか手に取ってみてください。少しでも読んでもらえれば、面白さが分かっていただけるはずです。どの本も各々そう主張しているように見えた。

気を抜くと、毎月出版される膨大な量の新刊に自分と自分の目標ごと飲み込まれそうだ。これだけの本の中で、わたしの関わった本だけが百万部も売れるなんてことは、考えれば考えるほど到底あり得ないことのように思われた。

父の定めた期限内にそれが達成できなければ、編集の仕事をキッパリと辞め、知らない誰かとお見合いして家庭に入ることになる。けれど、こんなわたしが結婚。こんな疲れ切った、見るもみすぼらしい、本のことしか頭にないわたしが？

原稿、書影、発売、挫折、退職、結婚、原稿、書影――。

一度に複数のことを深刻に考えすぎたせいか、頭が熱を持ってきた。

ふと顔を上げると、目の下にクマを作った地味な女がそこに立っていた。わたしだった。

鏡張りになった柱にわたし自身が映っている。

ずいぶん疲れた顔をしている。深く悩むのは明日にして、今日はもう家に帰って眠ろう。悩みも問題も明日に持ち越しだ。だけどせめて脚のむくみだけは明日に持ち越しませんように。

そんな願いも空《むな》しく、連日の疲れはしっかりと持ち越されてしまったようで、翌日の午後にわたしは会社で倒れた。

＊

目を覚ますと、そこは自宅のベッドの上だった。ぼんやりと天井を眺めながら、曖昧《あいまい》な記憶をたどる。

「ああ……そうだ、わたし会社で倒れて……それから」

それから病院に担ぎ込まれたのだ。

「病院で点滴を受けて……。『平摘さん、こりゃ過労ですね……働きすぎです。数日は安静にしたほうがいい』」

お医者さんの言葉を繰り返しながら体を起こした。

「病院……どうやって行ったんだっけ？　そうだ……長谷川さんだ」

意外なことに、と言うと失礼かもしれないけれど、編集部の床に情けなく突っ伏したわたしを車に乗せて、病院まで連れて行ってくれたのは長谷川さんだった。

さらに彼は点滴を受けたあと自宅にも送ってくれた。わたしはそのままベッドに潜り込み、十三時間も眠っていたのだった。

現在は午前七時過ぎだった。

テーブルのスマホを確認するとメールが入っていた。

『今日と明日は休め。余計な心配はしないこと。　あなたの千豊より』

届いていたのはゆうべの十時頃だった。

「あなたの？　誰の？」

思わず噴き出してしまった。笑ったら少しお腹が空いてきた。冷蔵庫を開けてみる。ろくな物が入っていなかった。

「最近家でゆっくり自炊する余裕もなかったし……」

ちょっと言い訳をつぶやいてみる。

お米はあったのでおかゆに卵を落とし、それを朝食にした。朝のニュース番組を見ながらそれを食べ、思い出したように部屋のカーテンを開けた。まだ足が少しふらついたけれど、日常生活に支障はなさそうだった。

十時を過ぎたところで千豊さんに電話をかけ、迷惑をかけたことを詫《わ》びた。すると彼女はよく通る声で気持ちよく笑った。

『気にしないの。いや、そもそもあんたが消耗してたことに気づかなかったわたしも悪い。周りも悪い。平摘がまだまだ新人だってこと、つい忘れてたよ』

それは意外な言葉だった。

『まだまだ知らないことも多いし、小さなミスもよくするけど、平摘はがんばってるよ。新山《にいやま》さんも褒めてた。倒れるまでがんばるような新人がうちに入ったってこと、今更喜んでたし。普通、倒れる前に辞めていっちゃうからね』

むしろ編集長は新人が倒れてしまうような体制に編集部がなってしまっていることを恥じていた、と千豊さんは続けた。

『そうそう、あんたのことだからこのこと気にして作家さんたちにも連絡しなきゃとか思ってるだろうけど、そこまでしなくていいからね。余計な心配かけず執筆に集中してもらうことも大事。作家さんは出版社に勤めてるわけじゃないんだから、なにからなにまで正直に報告して息苦しい思いさせることはないのよ』

ベランダに出て彼女の助言に耳を傾けていると、この時期にしては涼しい風が頬《ほお》に当たった。

最後に何度もお礼を言って電話を切り、クッションの上に座った。引っ越しのときに買った、歌舞伎揚げ柄のクッションだ。一緒に買い物に行った友人から極悪にダサイと評されたけれど、わたしは気に入っている。

いつも会社にいる時間に自宅にいるというのは、なんだかふわふわして落ち着かなかった。なにをして過ごせばいいか分からない。

「掃除……？」

けれど、それをするほどの体力があるかというと、自信がなかったし、億劫《おっくう》だ。

普段は見ることのないお昼のテレビ番組が目に入る。そこではファッションや映画、そして書籍の売れ筋ランキングが発表されていた。

「そうだ……本読もう」

枕元のハードカバーの本に手を伸ばした。先々月買ったきり、ほとんど読み進められていなかった推理小説だ。それから愛用のメガネをかけ、ページをめくる。外ではコンタクトだけれど、自宅ではいつもメガネを着用している。

「冒頭どんなだったっけ。はじめから読み直そうかな」

——平摘はがんばってるよ。

唐突に先輩の言葉が胸に染み入って、変なタイミングで少しだけ涙が出た。

第三章　或いは担当作家

『散歩に出かけます。上がって待っていなさい』

八月、再び御陵邸《みささぎてい》を訪《たず》ねてみると玄関先にそんな貼り紙が出されていた。今日、この時間に来ることは伝えてあるのにわざわざ出かけるなんて、あの人はどういう精神構造をしているのだろう。大層《たいそう》達筆なのがまた腹立たしい。

「それじゃ勝手にお邪魔します！」

誰もいないことは承知の上だが、大声で中に声をかけて上がり込んだ。

「わあ」

客間の隣の居間に、たくさんの本が積んで置かれていた。今日までにわたしが何箱もの段ボールに詰めて送り続けてきた資料本の数々だ。

「我ながらよく集めたなあ……」

改めて眺《なが》めているとちょっと感動してきた。畳に座り込み、本の小山をなでてみる。

「そうそう、この本なんてまたとんでもない所にあって……あ」

そうして見てはじめて気づいた。こっちの本もあっちの本も、たいていの頁《ページ》の間に色とりどりの付箋《ふせん》が張られている。

「えーっ！　もしかして先生、もうこんなに目を通したの？」

もちろんそのスピードにも驚いたけれど、なによりこちらから送った資料にすべてちゃんと目を通しているということに驚いた。というよりも、感心した。とにかく初日の印象が最悪だったせいで、御陵先生が普通に作家らしいことをしているだけで見直してしまう。

居間は庭木によって比較的日差しがさえぎられており、エアコンなどなくても充分涼しい。気がつくとわたしの隣にこの家で飼われているんだかいないんだか分からない、あの猫が座っていた。

「あれー、あんたおったん？　そんな毛皮着て暑くないんかね。ごろにゃー」

家に誰もいないのをいいことに、お手本のようなつもりで仰向けに寝転がり、猫に手を伸ばす。猫は指先の匂《にお》いを嗅《か》ぎ、次いで噛んできた。

「痛あー！　噛むことないじゃない。肉球の匂いを嗅がせろー！　にゃんにゃん」

「栞《しおり》さん人の家でなにやってんですか」

「ぎゃー！」

　いつの間にか開いたふすまの向こうに着物姿の先生が立っていた。嫌なものを見た、という眼差しでわたしを見下ろしている。全部見られた。

「い、いらっしゃいませ！」

「ここはわたしの家です」

　先生は赤地の布に蝶《ちょう》の舞う柄の着物姿で、お世辞《せじ》抜きでよく似合っていた。

「って、おかしいでしょう！」

　しかし着物は着物でも、それは正真正銘《しょうしんしょうめい》女物だった。そして以前と同様に長い髪をうしろで結い、唇に紅まで引いている。

「おかしいですか？　似合ってませんか？　そうですか。わたしもまだまだですね」

　残念そうに言って先生はその場でくるりと回って見せた。手には畳まれた黒い日傘、空いたほうの手には自前の買い物袋を持っている。

「いや、似合って……ますけど……。似合ってるけど、だからこそなんて言うか、余計に！　先生って確か三十越えてますよね？　いい年した大人がなにやってるんですか！」

「栞さん、それは嫉妬《しっと》という感情では？　女の醜《みにく》い嫉妬」

「放っておいてください！」

「放ってなんておけますか！　あなたのような芋臭《いもくさ》く、哀《あわ》れな女子を！」

「本当にほっといて！　もう！　かわいい担当を置いてけぼりにしてどこ行ってたんですか。先生携帯持ってないし、行方をくらまされるとこっちから捕まえようがなくて困るんですよ！　だいたい先生パソコンも持ってないし。家《うち》の母だって最近使えるようになってきたっていうのに。インターネット！」

「そうピリピリしないで。ほら、タマゴを買ってきましたよ。この格好でお店に行ったら、店主さんがずいぶん値引きしてくれました」

　のんびりした口調でわたしに買い物袋の中を見せてくる。やっぱりこの人のことはよく分からない。

「で、その格好ということは、今日は先生の言うところの女性の文章に取り組んでいたんですね」

「ええ、まあ。ですがまだ納得のいくものが書けません。頭の中にある物語を形にしたく、寝ても覚めても筆を取っているんですが、なかなか思うようにいかない」

　言いながら先生は居間から書斎の前へ移動し、そのドアを開けた。すると雪崩《なだれ》のように原稿用紙が廊下へ溢《あふ》れ出てきた。

「わあ！　な、なんですかこの有様《ありさま》は！」

「ですから、寝ても覚めても筆を取っていると言ったでしょう。これはその際に出た言葉の削りカスです」

「け、削りカスって……要するにボツにした原稿ってことですか⁉　こ、こんなにたくさん……！」

開いた口が塞《ふさ》がらなかった。誇張ではなく、本当に寝ても覚めても書いているらしい。いや、本当に寝ていたら書けないから、寝てすらいないのかもしれない。

壮絶なボツ原稿の雪崩を目にしてわたしはようやく気づいた。というよりも、改めて理解した。御陵先生の小説に向かう気持ちは尋常ではなく、そして誰よりも純粋だ。きっと、だからこそ生半可なものは書けない、書きたくないという思いが強いのだ。

「ところであの……この原稿、参考までに見てもいいですか？」

ボツとは言え、目の前にあるのは御陵或《あるい》の最新の原稿の山だ。無視しろというほうが無理だった。けれど先生は容赦《ようしゃ》なく、執着《しゅうちゃく》なく、にべもなく言った。

「ダメです。それは作品ではありません。作家の恥部《ちぶ》です。栞さん、あとでこれを全部集めて裏の焼き場で燃やしておいてください」

「そ、そんなもったいない！」

「あなたは担当でしょう？」

それを言われてしまうと、それ以上なにも言えなかった。

「わ……分かりましたよ！　もう、本当に偏屈《へんくつ》なんだから……」

「作家というのは病の名前なんです。病に冒《おか》された者に常識を求めてはいけません」

とんでもない極論、ろくでもない言い分だった。けれど先生の目は本気だった。


その後、わたしも手伝って冷やし中華を作り、ふたりで少し遅いお昼を食べた。トマトとキュウリは裏の畑からもいできた。そこは結構本格的な家庭菜園で驚いた。

「先生、いよいよですよ！」

食器を片付けがてら、にんまりしながら本題に触れると、先生はとぼけた顔でわたしを見た。

「ほう、資料本も残すところあと一冊ですか」

「そうですよ！　あとは『港崎遊郭台帳《みよざきゆうかくだいちょう》』のみです！」

「それは特に読んでみたい一冊です。幕末期、横浜の埋め立て地にあったという遊郭の台帳を元に記されたという貴重な資料です。当時の日本国内外の客の情報、また、病に冒された遊女たちの実情や死因、その年月日など、強く心引かれます」

「任せてください。ここまで来たら時間の問題ですよ！」

「ええ、わたしもそう願っています。それにしても、江戸から明治にかけて書かれた便所の落書きについての詳細な資料本なんて本当にあったんですね。驚きです」

「あるかどうかも分からない物を探させたんですか！」

初対面から分かっていたことだけれど、こんなにひどい大人を見たのははじめてだった。しかしもうすぐ今日までの苦労が報われると思うと、その理不尽も、今当たり前のように食器洗いをさせられていることも苦にならなかった。

＊

翌週、会社のパソコンに酒枝《さかえだ》先生から新作のプロットが届いた。事前の話の通り、主人公には小野田《おのだ》が据《す》えられていた。

主なあらすじはこうだ。

東京の小金井《こがねい》に勤務する刑事の小野田は、ひょんなことから万引きに手を染める少女を補導する。少女の家は生活保護を受けていた。児童虐待、学校でのイジメ、生活保護を受ける一家に対する近所からのバッシング。少女の生活に希望は見当たらなかった。

一家を見つめるうちに小野田は気づく。富める者は心が濁《にご》り、貧しい者はすべからく清いというのは傍観者《ぼうかんしゃ》の理想の押しつけなのだと。

貧しさとは余裕のなさであり、あらゆることに余裕がなくなると人は周囲も家族も気遣えなくなっていく。このままでは遠からずこの少女自身もそうなっていくと小野田は感じていた。しかしその矢先、少女は母親にナイフを突き立ててしまう。動かなくなった母をうつろに見下ろす少女。そんな少女を目撃した小野田。

小野田はとっさに少女の手を引き、東京を去った。

それは後日、現職刑事による、未成年少女誘拐事件とセンセーショナルに報道される。

全国を逃げ回る小野田と少女。

小野田はなぜ少女を連れ去ったのか。真実を追うルポライターのマリ。

彼らの運命が絡まり合う――。

ある意味酒枝先生らしい、社会に根ざした物語だった。

ラストは少女の家庭問題へ踏み込み、希望のある解決が展開されていた。そこに一抹《いちまつ》の苦味も残しているのがベテランらしい。

この構成にわたしとしてはなにも問題はなかった。酒枝先生の手によって社会に放つに足る作品になると思ったので、そのままを伝え、執筆に移ってもらった。

「どこかの女装作家さんと違って酒枝先生は真面目で素敵！」

ましたよ」

「栞さん、口はいいから手を動かしてください」
その日、わたしは再び御陵邸に足を運んでいた。
「改めて訪ねてくるものだから、わたしはてっきり最後の一冊が見つかったかと思っていましたよ」
「いや、それが……」
例の『港崎遊郭台帳』は、まだその手がかりすら摑《つか》めていない。
「資料が見つからないとここへ来ちゃいけませんか？　わたしは先生の担当なんですよ。
先生がそうお認めになったんです」
確かに最後の一冊はまだ見つかっていないけれど、かといってこのまま先生の言うなり
になってただ探し続けていたのでは、いつまで経っても作品を書いてもらえないような気
がしていた。それでなくてもわたしには三年しかないのだ。
「もう資料はほぼそろっているわけですし、触りくらい書けたんじゃないですか？　先生
の中に確固たる理想形があるのは理解していますが、そろそろどんなお話なのかくらい教
えてくれてもいいじゃないですか。あ、カエルだ」
だから今日は先生のお尻をひっぱたいてでも話を前進させようと決意してきたのだが
……いざ来てみると結局先生の口車に乗せられ、小説のこととはまったく関係のない、家

の手伝いを押し付けられるはめになった。

今は家の周囲を流れる溝のドブ浚《さら》いをしている。作業着に着替えさせられ、長靴《ながぐつ》を履《は》き、大きな麦わら帽子を被ってスコップで溝掃除をしながら、わたしの職業ってなんだったたっけ？　と思い悩んだ。

溝には先日の大雨で土が流れ込んでおり、ところどころでつまってしまっていた。

「無邪気にカエルに触《ふ》れられる栞さんを尊敬します」

先生は溝の脇に立ってわたしを応援している。今日は男の姿だ。手伝う気はないらしい。

「これが終わったら机に向かってもらいますからね！」

「雨漏りも気になるんですよね。古い家屋を維持するというのも大変です」

この上まだ他にもなにかさせる気でいる。

「もう、仕方ないですねえ。脚立《きやたつ》かはしごはありますか？　あとで屋根に登って瓦《かわら》をどかしてみます」

「栞さんそんなこともできるんですか」

「言ってませんでしたっけ？　わたしの特技」

「特技？」

「古民家のメンテナンスです」

「古民家のメンテナンス。若い女性の特技としてそれはどうなんですか」

「ほっといてください」

「心配でとても放っておけません」

「おじいちゃ……祖父がやっていることを手伝っているうちに覚えたんですよ」

ちなみに面接のときにもこの特技のことを話したけれど、わたしとしてはそれが採用の決定打になったと思っている。確証はないけれど。

「でもここ、確かにかなり古いお宅ですよね。昔からこちらに？」

尋《たず》ねると先生は改めて塀《へい》越しに自分の家を見つめた。

「わたしの祖父の持ち家です。両親と共に一度は他県に移っていたんですが、祖父、祖母が亡くなったのをきっかけにひとりで戻ってきたんです。家は人が住まないとダメになりますから」

「ご両親は？」

「国交は断絶しています。小説家になろうと考えるような変わり者の息子をどうしても愛せなかったようです」

「あ、余計なこと聞きました……」

わたしはよく考えもせず質問したことを悔《く》いた。国交などと冗談めかして言っているが、きっと先生も色々な事情を抱えているのだ。

先生は「いえ」と言ったきり、しばし屋敷の黒瓦を眺めていたが、気を取り直したようにわたしに言った。

「栞さんはおじいさん子だったんですね」

「はい。祖父からは他にも色々教えこまれました。米作りに畑の手伝い、しいたけ栽培、障子《しょうじ》や畳の張り替え、庭木の剪定《せんてい》から蜂《はち》の巣駆除まで。父も母も、平摘《ひらづみ》家の娘がそんなことをする必要はないって言ってたんですけど、子供のわたしにはおじいちゃんの教えてくれることのほうが楽しかったんです」

「きっと、ご両親はあなたが心配だったのでしょう。大事なひとり娘なのですから」

「そ、そうですかね?」

確かに、思えばちょっと息苦しいほどに過保護だった。そうなった原因にはもちろん心当たりがある。もしかしたらその分、バランスを取るように祖父はわたしを外へ連れ出してくれていたのかもしれない。

「読書好きでありながら妙にたくましい。栞さんから感じる無闇《むやみ》な、無駄なバイタリティの正体が少し分かったような気がします」

「失礼な。無駄ってことはないでしょう。わたしは絶対諦《あきら》めませんからね。なにがなんでも先生に新作を書いていただきます！」

　よりいっそう溝掃除に力を入れる。汗が幾筋も頬を伝った。

「さて、少し休憩しましょう」

　先生は縁側に腰をかけるとわたしを手招いた。

「先生はなにもしとらんじゃないですか」

「ほら、冷たい飲み物をどうぞ」

　いつの間に用意していたのか、そこには琥珀《こはく》色の液体で満たされたグラスが置いてあった。触れるとひんやり冷たく、とてもよく冷えている。ずいぶん気が利いている。はじめて会ったときに比べて、この頃はずいぶん気を許してくれているように感じる。

　わたしもいよいよ担当編集として認められつつあるということだろうか。

「アイスコーヒーですね。わーい」

　汗をかいてすっかり喉が渇いていたわたしは、勢いよくグラスに口をつけた。そんなわたしを笑顔で見つめながら、先生は言った。

「コーヒーに昨晩のカレーを混ぜ込んでみました」

　わたしの吐き出した物が縁側から庭にキラキラと舞った。

「なんちゅう物を飲ませるんですか！」

「え、夏はやっぱりカレーだと思って……」

「ショックを受けたような顔をしないでください！　それはわたしがする顔ですよ！」

「カレー嫌いでした？」

「カレーなんて……！　カレー……好きですけど！　そんな天然お嬢様みたいな、よかれと思ってやったみたいな顔してるけど先生！　わざとでしょう！」

「はい」

「なんなんこの人！」

変人御陵彧がそう簡単に丸くなるはずはなかった。

＊

九月に入っても日中の気温は相変わらず高く、編集部内では夏バテを引きずっている人も幾人か見られた。

わたしはというと、変わらず元気だった。御陵先生に本を書いてもらう、酒枝先生の作品をいいものにする。そういった目的が目の前にあったからだと思う。詩的な言いかたをするならば、目的は太陽に似ている。そちらの方向を向いて進んでいる限り、心身にエネルギーが供給される。

　けれど、ある日酒枝先生から新作の第一稿が届けられ、その内容に最後まで目を通したとき、その太陽に微妙に雲がかかった。編集となってはじめて貰った担当作の原稿だったので、受け取ったときの喜びはひとしおだった。けれど、それだけになおさらその小さな雲が気にかかった。

　まずは電話をかけ、さすがの執筆速度ですと伝えた。すると、企業努力の一環だよと返された。

『ぼくは一本書くのに何年も吟味《ぎんみ》していられるような身分でもないからね。家族のために稼がなきゃならないし』

　先生の言葉には切実な響きが込められているように感じられた。

「あの、ただ一点気になったところが……」

『なんでしょう？』

「あ、いえ、電話ではなんですので、やっぱりそれは原稿を再度じっくり読み込ませてもらって、打ち合わせのときにさせてください」

　校了明けまで待ってもらい、それからじっくりと原稿に目を通したわたしは、折りを見て先生との打ち合わせを行うことにした。

酒枝先生と直接顔を合わせたのは翌週の月曜日だった。打ち合わせは先生の自宅で、訪問するのはこれで二度目だ。

今日は玄関の沓脱《くつぬ》ぎにかかとの潰れたスニーカーが無造作に転がっていた。それに気づいて夫人の都子さんがそそくさと靴をそろえる。

「すみません、あの子ったら脱いだら脱ぎっぱなしで」

都子《みやこ》さんは若干神経質な様子で二階のほうを見やった。

「息子さんですか?」

「ええ、昨日は参観日だったものですから」

それで休日が一日ずれて月曜日が休みになったということだった。

「家にいるときはあまり部屋から出てきませんし、お仕事の邪魔にはならないと思いますが……」

「いえいえ、邪魔だなんてそんな。息子さん、確か今年受験でしたよね。それくらいの年齢の子は自分の部屋に閉じこもりがちになるものかもしれませんね」

かく言うわたしも大好きな読書を父に否定されてからは、自室にこもって隠れるように読んだものだ。

書斎に通されると、酒枝先生が窓際で軽いストレッチをしていた。

声をかけようと思ったら、有無を言わさずコジローが飛びついてきて、また顔を舐《な》め回された。

「恥ずかしいところを見られちゃったな。これが習慣になっちゃってるんですよ」

「いえ、恥ずかしいところを見られたのはわたしのほうです……」

ハンカチで顔を拭《ふ》きながら、勧められたソファに腰を落ち着ける。それからお決まりの手土産、餡《あん》ドーナツを直接手渡した。今日はしっかりこし餡だ。

「長時間机に向かう作家業は体のあちこちが強張《こわば》ると聞きます。先生は長年そういった生活をされているんですから、自主的なストレッチは大切ですよね」

「元々運動好きな作家さんならまだしも、ぼくのような根っからのインドアはこうして無理矢理習慣にでもしなければ体はなまっていくばかりだからね。アイデアがあって、作家を続けていく意志があっても、体がついてこなければ元も子もない」

「キャリアのある酒枝先生が仰《おっしゃ》ると説得力が違います」

「いや、かっこいいことを言っても、ぼくは物書き以外にやれることがない男ですから。近頃は若く、才気にあふれる作家さんには敵わないなと思うことが増えてきました」

作家の才能にも色々ある——というのは編集長の新山《にいやま》さんの言葉だ。

奇抜《きばつ》なアイデアを練る才能。

美しく、人の心を揺り動かす文章を書く才能。

世の中の流れを敏感に察知して、求められているものを提供する才能。

勤勉に努力し、自身をアップデートし続けられる才能。

編集と上手く付き合っていく才能。

そして、孤独で、なんの保証もない作家という生業《なりわい》から逃げ出さず、長く続けていく才能。

「作家さんは、考えられるすべての才能を持っている必要なんてない、とうちの新山は言っていました。むしろなにかが著《いちじ》しく秀《ひい》でていたり、欠けていたりするような人とこそ仕事をしてみたいと」

「それは、ありがたい言葉だよ。嫌味でなく、本当にそう思う」

世間話というには少し真面目すぎたけれど、そろそろ本題に移らなければならない。わたしはカバンから原稿を取り出した。先生が直筆で書いた原稿をデータファイルにし、プリントアウトしたものだ。そこにはあちこち赤字で書き込みがされている。わたしがこの一週間の間コツコツと書き込んだものだ。

登場人物の心情についての疑問出し、話のテンポと展開の方向性、細かい誤字、脱字など、気になったあらゆる点を書き出した。

それは想像よりもずっと大変で、難しい作業だった。

編集者は読者と違って、ある意味原稿をうがった読みかたをしなければならない。本当にこの表現でいいのか。この展開でいいのか。誤字、脱字は潜《ひそ》んでいないか。

頭と目の疲労と戦いながら、まだ未完の原稿に挑み、なんとか切り崩していった。

正直、最初はあからさまに緊張し、遠慮していた。ベテランの域に達している作家さん相手に、新人のわたしなんかが偉そうに作品について大小指摘するなんて恐れ多いのではと。けれどそれでは仕事にならないし、相手にも失礼だと編集部で千豊《ちとよ》さんに注意された。時には言うことを言わなければならない。嫌われる覚悟が必要だそうだ。

それから原稿について顔を突き合わせてひとつずつ確認していったのだが、はじまってみると先生は普段と変わらず終始穏《おだ》やかで、こちらからの指摘に概《おおむ》ね納得しつつうなずいてくれた。

「確かにそうかもしれない。ここはもう少し地の文で小野田の心情を描写しよう。そのほうが次の台詞へのいいタメにもなる」

そんな具合に、快く原稿の修正に応じてくれた。作家さんの中には担当からの指摘にへソを曲げてしまい、テコでも修正に応じない人もいると聞いていたので、これには心の中で胸をなでおろした。

「ちょっと小休止にしましょう。お茶を淹《い》れ直してくるよ」

ある程度まで作業を進めたところで先生は書斎を出ていった。ひとりになったわたしは軽くため息をつき、コジローの頭をなでた。このあと先生に言わなければならないことを思うと、正直気が重かった。

「遠慮なんてしてたら編集は務まらないけど、なんて伝えたらいいのかなあコジロー」

気持ちを切り替えようとソファから立ち上がり、伸びをした。ついでに書架の前に立ち、先生の蔵書を眺めた。間近で本の匂いを嗅ぐと少し心が安らいだ。

「本の匂い、教科書のインクの匂い。わたし昔から大好きでねー」

そうしながらコジローに話しかける。

「もう好きすぎて子供の頃は『変態』という直球なあだ名をつけられるほど嗅いでいたのよコジロー。引かないでねコジロー。あ、行かないでコジロー」

しかしこうして見てみると、棚の様子は以前来たときと幾分、いやかなり様子が変わっていた。以前はぎっちりと隙間《すきま》なく並べられていたのに、今日はあちこち本が抜き取られ、隙間が目立っていた。改めて書斎の机やその他の場所を見渡してみたが、抜き取られた本は見当たらなかった。

「どこへやったんだろう？」

少し気になりつつも、再び棚に視線を戻す。そのとき、視界の端《はし》にドキリとするような物が目に入った。

「あ、あ、あ、あ、ああーっ！」

わたしはそれを指差したままその場で五回、飛び跳ねた。

棚のすみに、その本はあった。

深緑の分厚い本で——タイトルは『港崎遊郭台帳』。

「これ！　これ！　こ、こんなところに！　コジロー！　こんなところに！　ねえコジローー！」

そうだね、というようにコジローが小さく吠えた。

わたしは飛びつくように本を手に取った。

「まさか酒枝先生が持ってたなんて！　灯台！　灯台の足下が……暗い！」

文系のはずが、驚きのあまり基本的な諺《ことわざ》すら出てこなかった。

「やあ、お待たせしました」

そのとき酒枝先生が急須《きゅうす》を手に戻ってきた。

「お、お茶ありがとうございます！」

わたしは慌《あわ》てて本を元の場所に戻し、ソファに座った。先生は特になにも言わず、温かいお茶を注いでくれた。

「あ、あの先生……そこの棚の本……」

指差すと先生は気づかれたかというように頭を掻《か》いた。

「ええ、ちょっとね。何冊か古書店へ売り払いました。色々物入りで。さあ、あと一息だ。がんばりましょう」

「あ、はい！」

『港崎遊郭台帳』のことを尋ねようと思ったのだが、仕事熱心な先生に続きを促《うなが》され、そういう雰囲気でもなくなってしまった。しかし、確かに今は仕事の途中で、目の前にいる酒枝先生の作品のための時間だ。今は打ち合わせに集中して、本のことは帰りしなにでも聞いてみよう。

それに、わたしにとっても打ち合わせはここからが本番だ。

いよいよ、最初に原稿に目を通したときにどうしても気になった箇所、ラストシーンについて意見を述べなければならない。そこが問題の箇所であり難所であり、太陽にかかる暗雲だった。

「先生、ラストの展開についてなんですが……」

それだけでなにかを察したらしく、とたんに先生の表情が険しくなった。

物語の序盤は些細《ささい》な日常の積み重ね。しかし突如《とつじょ》としてあのうだつの上がらなかった小野田が大胆な行動に出て、そこから物語が一気に動く。これにはわたしも引き込まれた。

けれどラストの展開だけはすんなりと飲み込むことができなかった。

小野田と少女はあちこち放浪した末に海の見渡せるとある町にたどり着く。そして追いつめられた先の海岸で——彼らは命を絶ってしまうのだ。

「先生、この部分だけ事前にいただいたプロットと大きく変わっていました。元々は少女が家族のところへ戻る、希望のある結末だったと思うんですが……」

「執筆中の筆の勢いを削《そ》ぎたくなくて、変更のことを平摘さんに相談しなかったことは申し訳なかったです。だけど、そっちのほうがセンセーショナルでしょう？　読者の心をえぐるというか」

「それは……そうかもしれませんが、この悲劇的な結末や空気感は、これまで心温まる作品を書かれてきた先生のスタンスとはずいぶん違いますよね……？　わたしも先生の描き出す温かみが好きでお声をかけさせてもらったというところもあるので、ちょっと戸惑《とまど》いました」

いや、本当はかなり戸惑った。

「過去の作品を気に入ってくれていることは嬉しいですが、ぼくはそこから脱却したいんですよ。今までのスタンスではもう通用しないんです。デビューから二十年、時代は変わりましたから」

「間違っていたらすみません。あの、この少女は先生にとっての清らかさの象徴ですよね？　なぜそれを殺してしまうんですか？」

先生は小野田というキャラクターに自分を重ねていると言った。だからこそ、小野田も少女も死んでしまう終わりかたに、わたしはある種の危うさを感じていた。

「彼女を生かして、現実の世界へ戻してそこで戦わせるという終わりかたじゃダメなんでしょうか？」

熱弁するわたしに対して酒枝先生はこう言った。

「それではダメだと思います。ここは我を通させてください」

思わぬはっきりとした強い物言いにわたしは戸惑った。先生は続けて言った。

「今回は、この作品は……話の整合性や、作家酒枝矢文としてのイメージは二の次にして、売ることを考えたいんです。一冊でも多く売れる本にしたいんです」

「先生……」

「恥ずかしい話なんですがね、ここ十年近く、ぼくの本は鳴かず飛ばずなんですよ。文学新人賞を取ったものの、その後はヒットとは無縁なんです。ぼくはこの作品を売りたい。次は売らなきゃならないんだ」

「それはもちろん……作家さんにも生活がありますし、目標だってあるでしょうが……だからといって。せめてもう少し編集と……わたしと意見を擦り合わせながら作品を作って――」

「これまでそうして何年も担当の意見を聞き、書き直してきましたが、一度として売れた例《ためし》はなかった。平摘さん、きみの前でこんなことを言うのも心苦しいんだけどね、本当を言うとぼくはもう、編集というものが信用できなくなっているんです」

その言葉は、他のどの言葉よりもわたしの胸に刺さった。これが仕事の相手ではない作家の言葉ならまだよかった。けれど、酒枝先生の現在の担当は他の誰でもない、わたしなのだ。

「だからぼくなりのやりかたでやる。もちろん細かい修正や、自分自身そうしたほうがいいと思える直しには応じます。だけど、話の根幹に関わる部分は譲れません。自分ひとりで考え、自分で書き、売れる本にします」

「ま、待ってください！　確かにわたしはまだまだひよっこです。だけど、わたしだって自己満足に終わらない、売れる本をちゃんと作りたいと思ってるんです！」

むしろ切実な問題もあってその思いは人一倍だと思っている。

「編集はみんなそう言います。こうしたほうがいい。これでは売れないと口を出す。だけどそんな言葉に根拠なんてないんだ。散々修正させておいて、結局それで売れなくても申し訳なさそうな顔ひとつしない。挙げ句の果てには面白い物を書けない作家が悪いんだと言い出す。運よく売れたら売れたで、ほら自分の言った通りだろうとでも言うんでしょう。ぼくはこれ以上そんな言葉に振り回されたくないんです。結局一番評価されたのは、誰にも口出しされずに書いたデビュー作だけだ。それだけが賞を取り、売れた。だから最後は——自分を信じます」

先生はそこでいったん言葉を切り、自分で淹れた茶をゆっくりと飲み、わたしから視線を外したまま言った。

「だから申し訳ないけれど、このラストだけは譲れません」

「先生……」

また数秒間、身震《みぶる》いするような静寂《せいじゃく》が書斎を包んだ。そしてまた先生が静かに口を開く。

「平摘さん、今日のところはもう帰ってくれませんか。すまないけど」

とても低い声だった。

「あ……あの、先生……」

「お引き取りください！」

主の異変を察知して、コジローが吠《ほ》えた。

そしてわたしは書斎から追い出されてしまった。

わたしは酒枝先生の書斎の前にたたずんでいた。先生はドア一枚隔《へだ》てた向こうにいる。けれどドアに追いすがって中へ呼びかけることもできなかった。そこは今、堅く閉ざされている。

「どどどど、どうしよう怒らせた……。怒らせちゃった……！」

酒枝先生のあんな声ははじめて聞いた。

「とりあえず会社に電話して相談……？　いや、みんな忙しいし……このくらいのこと自分ひとりで解決せんと……でもでも！」

そうこうしていると、階段が軋《きし》む音が聞こえて、誰かが一階に降りてきた。

来客があるとは思ってもいなかったようで、相手はわたしを見るなり立ち止まり、いぶかしげな顔をした。紺色のパーカーにスウェットというラフな格好、手には携帯を握っている。

「あ、えっと、あの……酒枝先生のお子さん……ですよね？　わたくし、百万《ももよろず》書房の平摘です。お父様にはいつもお世話になっており……」

「平積《ひらづ》み？」

「ああっ、その間違われかた久々です！」

中学三年生というと十五歳くらいだけれど、身長は百七十五センチくらいあって、百六十もないわたしはグンと見上げる形になった。

「ども……」

声変わりの終わった、低い声だった。顔立ちは父親と似ている。

そこへ数珠暖簾《じゅずのれん》を潜《くぐ》り、台所のほうから都子さんが顔を出した。

「あら悟《さとる》、どうしたの？」

彼はぶっきらぼうにわたしから視線を外し、母親に携帯を突きつけた。

「母さん、これ、使えないんだけど」

「使えないって……壊れたの？」

「電話できない」

「ああ、先月分の通話料、まだ払ってなかったわ。あんた、夜中にずっと友達と電話してたでしょう。電話代すごかったのよ。桁《けた》がひとつ違ってたんだから」

「それじゃ電話止まったってこと？」

「だってあんな料金、ポンと払えませんよ。それでなくても今月は厳しいのに。家のローンだってまだまだこれからなのよ。電話くらい我慢しなさい」

　思わぬ小言を聞かされるはめになって、悟くんは面白くなさそうにうつむいた。

「来年は智菜《ちな》も中学生、あんたは高校よ。入学費いくらすると思ってるの。電話してる暇があったら勉強しなさい勉強」

「じゃあ親父になんとか言ってよ。もっと稼げって」

「言ってるわよいつも。原稿料の交渉してよって。あと本の部数？　もう少しなんとかならないのって……だけどダメなのよ。不況なんだって」

「もういいよ！　不況不況って、親父が面白いもん書けないのが悪いんだろ！」

　書斎の奥の父親にも聞こえるような声でそう言うと、悟くんは踵《きびす》を返して玄関に向かった。

「ちょっと、悟！」

　彼はスニーカーを足に引っ掛けると苛立《いらだ》ち紛《まぎ》れに戸を開けて表へ出て行った。

「なんなのよもう……。わたしだってベストセラー作家の奥さんになってみたいわよ……。ポーンと百万部くらい売れないかしら……あら……やだ」

　そのときになって都子さんはようやくわたしが廊下に出てきていることに気づいたよう

で、口元を押さえて取りつくろうように笑った。

「も、もう打ち合わせは終わったんですか？」

「ええ、今日のところは……終わったところです。わ、わたし……失礼します！」

本当はなにも終わってなどいなくて、ただ追い出されただけだったのだけれど、なんだか色々いたたまれなくなってしまい、わたしは悟くんを追うような形で玄関から飛び出した。


肩を落として駅へ続く道を歩く。途中で酒枝先生の言葉を思い出していた。

「自分ひとりで考えて、書いて、売れる本にする――か」

作家はどこまでも孤独な作業とはよく言われることだけれど、そこに唯一《ゆいいつ》片足だけでも介入できるのが編集だと思っていた。でも、酒枝先生は編集なんて必要ないと言った。編集というところに、わたしとルビを振ってもいい。

要するに、わたしなんて最初からあてにされていなかったのだ。

「どうしよう……とりあえず会社に戻って……。あ、あの資料本のことも言いそびれちゃった。もうそれどころじゃないけど……」

いろいろうまく行かない。気を落とすあまり、両肩が外れて地面に落ちてしまいそうだった。

このまま自宅に直帰してお風呂に入って、大声で喚《わめ》き散らしたい気分だった。けれど、そういうわけにもいかない。

酒枝先生との関係の修復はもちろん、デザイナーさんの選定、カバーの紙質、スピンの有無。やるべきことはたくさんある。編集としてとにかく予算の許す範囲でできることを探っていくしかないのだ。

「ここでくじけてたまるかー！」

わたしはコンビニに寄って栄養ドリンクを買うと、駅の前にある公園に足を踏み入れた。小さな公園だ。ここでエネルギー補給してから電車に乗ろう。

「あれ？」

公園の一角には竹で組まれた屋根があり、そこに藤の蔦《つた》が絡まっている。季節柄花は咲いていないが、その下にゆったりとしたベンチがあり、少年がひとりで腰をかけていた。

「悟くん？」

迷ったが、結局声をかけてしまった。

「ああ、さっきの……本屋の人」

「えっと……はい」

「嘘だよ。担当の編集さんでしょ。さすがに分かってるよ」

「あはは、そう。あ、飲む？」

「子供に栄養ドリンク勧めるなよな……」

確かによくないチョイスだった。

「やっぱり出版業界の人って変だ」

「よく知ってるんだね」

「これでも小さい頃から何度も担当の人が家に来るのを見てたからね」

本に興味がないわたしの父ならいざ知らず、作家の息子なのだからそれくらいのことは知っていて当然と言えば当然だった。

「きみ、新人なんでしょ？　大丈夫なの？」

「きみって、わたしこれでも二十三なんだけど……」

中学生にきみと言われてしまうほど威厳がないのだろうか。ちょっと悲しい。

「親父の書く話、ちゃんと売れる本にできるの？」

その、あまりと言えばあまりにストレートな言葉にわたしはドキッとした。悟くんの眼差しはなにか、わたしを試そうとしているみたいだった。その眼差しは父親の酒枝先生と似ていて、胸がチクリと痛んだ。

「それはもう……！　新人だけど精一杯がんばっていい本にするよ！」

わたしはぐっと腰を落として拳を握ってみせた。

「無理しなくていいよ。どうせ次も売れやしないんだ。期待してないよ」

彼の表情に暗いものを垣間みて、わたしはベンチの隣に座った。

「どうしてそんなことを言うの？　お父さんは一生懸命作品と向き合ってがんばってるよ」

「本当はもう才能なんて枯れてる癖に、長く続けてきた意地とプライドだけでやってるんだよ。おかげで家《うち》の家計は散々さ。母さんはいつも節約のことしか口にしないし、俺は学校でちっとも売れない作家の子供だってからかわれてる」

悟くんはかかとで地面を蹴りながら言った。

「朝の情報番組で書籍のランキングやってるだろ？　いつも学校で言われるんだ。ランキングに出てこないけど田辺《たなべ》の親父はいつ新しい本出すんだ？　引退したのか？　実際は出してるけどランキングにはかすりもしてない、話題にもなってないだけだ。みんな知ってて聞いてくるんだよ」

そんな状況が長く続いているからこそ、酒枝先生は売れる本を作りたいと言った。それは作家としての名声のためではなく、純粋に家族のためなのだろう。

「悟くんはお父さんの本、読んだことないの?」

なんとなく気になってそう尋ねてみると、彼はためらいなくこう答えた。

「ないよ」

それからあーあ、と言って悟くんはベンチに横になった。

「どうして世の中にはバカみたいに売れる本と、バカみたいに売れない本があるんだろう。バカなことばっかりだ。ねえ、いったいなにが違うの?」

その答えの代わりになりそうな言葉はいくつかわたしの中にもあった。けれどそれは大人の、出版業界の中で使われるようなものばかりで、偉そうに述べたところで悟くんの心には届きそうもなかった。

「親父、あれでも昔は多少期待されてたらしいんだ。文壇《ぶんだん》?　とかいうところのニューフェイスだって。だけどそれもせいぜい俺が小学校に上がるまでの話。書いても書いても部数は伸びないし、そのせいで母さんとの仲も悪くなるし」

「仲が……?」

わたしの顔を見上げて悟くんがニヤリと笑った。

「気づかなかったでしょ?　普段は口喧嘩《くちげんか》ばっかりだよ。母さん、外面だけはいいから担当さんにはそういう内情は見せないんだ」

「でも……どうして会ったばかりのわたしにそんな話を聞かせてくれるの？」

問いかけると、彼は体を起こして頭上の蔦を見つめた。

「ねえ編集さん」

やがて彼はそれまでよりも一回り小さな声で言った。まるでためらいがちにシャボン玉を飛ばすような感じで。

「頼むよ……親父の本を……」

けれど言葉は途中で途切れ、虚空《こくう》に消えた。

悟くんはベンチから立ち上がると「やっぱりいいや」と言って軽くお尻を払った。

「悟くん？」

「俺もう帰る。受験生だし」

彼は取りつくろうように笑い、公園の出口に向かって歩きはじめた。かと思うとふいに足を止め、こちらを振り返った。

「いつもの餡ドーナツ、こないだ粒餡のヤツ持ってきたの平摘さんでしょ？　親父は食わなかったけど、俺的にはあれ、こし餡のヤツより美味しかったよ。そんだけ」

言い終えると、今度こそ彼は公園から姿を消した。

わたしは悟くんの言いかけた言葉の続きに思いを巡《めぐ》らせながら、栄養ドリンクを飲み干した。あまり効果は感じられなかった。

＊

「あそこはおまえに任せたところだろう！」

編集部に戻ると奥で長谷川《はせがわ》さんがバイトの鳥飼《とりかい》くんを怒鳴っている最中だった。

「よりにもよって作家名を誤植するってどういうことだ！　先生本人からメールがきてたぞ」

どうやらル・サンチに掲載した作家先生の新刊広告に誤植があったらしい。

「私は『斉藤《さいとう》』じゃなくて『斎藤』ですって、やんわり指摘してたけど、あれ絶対怒ってるぞ」

「す、すみません……」

「おまえが俺に謝ったってどうしようもないよ」

そう言うなり長谷川さんはデスクの電話からいずこかへ電話をかけた。それとなく耳をそばだててみると、相手は件《くだん》の斎藤先生その人だった。内容はもちろん謝罪の電話で、あの長谷川さんが文字通り平謝りしていた。意外な一面を見てしまった。

無事に電話を終えると長谷川さんは鳥飼くんの肩に手を置き、鋭い目つきで言った。

「次は気をつけろ。同じミスは許さんからな」

「は、はい！」

部下のミスを迅速にフォローすると、長谷川さんはすぐに自分の荷物を持って編集部をあとにしようとした。

「なにぼうっと突っ立ってんだ。まだ新人気分で部署見学か？」

「そんなつもりは……平摘、ただいま戻りました」

長谷川さんは挨拶するわたしの横を通りすぎていく。その際に彼は言った。

「書けない作家のお守《も》りはのんびりしてていいよな。片道一時間以上かけてご機嫌うかがいに行ってりゃそれで仕事した気になれるんだからな」

「それ……御陵先生のことですか？」

「別に誰とは言ってない。だがおまえがそう思うんならそうなんだろうよ。かつての百万部作家の担当になれておまえはバカみたいに喜んでるんだろうが、よく考えてみろ。なんでおまえみたいな新人があの先生にあてがわれたと思う？」

「それは――」

「もうろくに新作を期待されてないからだよ。そりゃうまくいけばいいものを書くのかもな。その期待もあっておまえの前任も何度となくアピールしてたさ。編集長が説得に行ったこともある。だけど結局ダメだ。ダメだった。御陵或はもう枯《か》れたんだよ。そんな作家を十年も二十年もよいしょして待っていられるような余裕は、この会社にも出版業界にもないんだよ」

「そんな……先生は……まだ枯れてなんていません！　御陵先生の中にはまだ物語があります！　だから今わたしも協力して必死に資料を……」

「そうやって引き延ばしてるだけだよ。本当はもうなにも出てこないのに、作家って立場にはしがみついていたくてそれらしいこと言ってるだけだ」

編集部のほうでは時々電話がなり、誰かが離れた場所の誰かを呼ぶ大声がする。対してわたしたちのいる廊下は枯れた森の奥のように静かで、それだけにわたしは長谷川さんの厳しい言葉から逃れることができなかった。

「おまえは厄介者《やっかいもの》の偏屈《へんくつ》作家を体《てい》よく押し付けられたんだよ」

それは今日まで考えてもみなかったことだった。もちろんこれは長谷川さんが意地悪で誇張して言っているだけかもしれない。けれどこうして言葉にされると、あるいはそうなのかもしれないという思いがじわりと湧き上がってきた。

「酒枝矢文にしたってそうだ。年々売り上げも落ちてる。家庭もあるんだろうに、それでも筆を折らず、作家業一本だ。家族は大変だろうよ。噂《うわさ》じゃ東西《とうざい》出版から出るはずだった単行本の話、おじゃんになったらしいじゃないか」

「え⁉　おじゃんって……あの連載してた作品ですよね？」

年内には単行本にまとめてもらえる。酒枝先生は確かにそう言っていた。

「なしになっちゃったんですか⁉」

「なんだおまえ、担当のくせに知らなかったのか。東西出版の上が変わって、急に方針も変わったらしい。文芸は縮小して今後はコミックだとかなんとか。まあ、あの先生はその煽《あお》りをもろに食らったってことだ。いよいよ苦しいんじゃないか」

言うだけのことを言うと、長谷川さんはさっさとエレベーターに乗り込んでいった。

「単行本が……なしって……」

――ぼくはこの作品を売りたい。次は売らなきゃならないんだ。

ついさっき聞いたばかりの、酒枝先生の切実な言葉がよみがえる。

数日後、打ち合わせで指摘した箇所を修正した原稿が酒枝先生から届いた。ラストシーンはやはり変わっていなかった。

「故郷を丸ごと焼き払われたような顔をしてますね」

玄関先に立つわたしを見て、開口一番御陵先生はそう言った。その喩《たと》えはどうかと思ったけれど、一目で見抜かれてはごまかしようもない。

「ちょっと編集として道に迷いまして……。先生、今日は男なんですね」

その装いについて触れると先生は心外そうな顔をした。

「わたしは常に男ですが」

そうは言うが、こうも日によって見た目の性別を変えられてしまうとこちらも混乱する。

わたしは会話もそこそこに屋敷に上がらせてもらった。

＊

「わ！　散らかり放題！」

廊下に無数の本が散乱していた。驚きつつも客間へ向かう。そこにも無数の本が積まれ、広げられ、散乱しており、腰を落ち着けるスペースが見当たらなかった。

「わたしが送った資料本……。先生、読み散らかし過ぎですよ」

「書斎、居間、客間、風呂、便所——本を読みながら移動し、移動した先に放置していたらいつの間にかこんなことになっていました」

「他人事みたいに……」

「ああ、片付けなくていいです。どこにどの本があるのかは把握していますから。こちらへどうぞ。台所はまだましです」

台所の中央にはテーブルがあり、格子柄《こうしがら》のテーブルクロスがかけられていた。椅子は二脚。わたしはそのうちの片方に座らせてもらった。

「それで、なに用ですか？　まさか今日も手ぶらで来たなんてことはありませんよね？」

先生は資料本の最後の一冊のことを言っている。

「それは……見つけるには見つけました……。まだ手に入ってませんけど。というか、ちょっとそれどころじゃなくなってしまったというか……」

「それどころではない？」

「実は……」

今更ごまかすもなにもない。わたしは酒枝先生との一件を素直に告白した。

そんな事情は関係ない。見つけたのならさっさと頼み込んで本を譲ってもらいなさい。てっきりそう言われると思っていたのだけれど、話をすべて聞き終えたあと、先生は思わぬことを尋ねてきた。

「栞さん、いい小説って、なんでしょう?」

いい本と言い換えてもいい、と御陵先生は続けた。

わたしは考えた末にこう答えた。

「たくさんの人の支持を得た本……でしょうか」

「とにかく一冊でも多く売れさえすれば、それがいい本、ですか?」

わたしの対面に座る御陵先生は、テーブルクロスの模様を指でなぞりながら重ねてそう質問してきた。

わたしは考え、答える。

「それは少し違うと思います」

「どう違いますか?」

「売れたからいいっていうのは、なんだか勝ったほうが正義みたいで、ちょっと寂《さび》しい感じがします。フィクションで言うところの、それは悪役の言葉です。だから実売数じゃなくって支持を得た本なんです。買って、実際に読んでみて、その上でやっぱり買ってよかったと思える本です。満足度の問題です」

「だけど現実はどうでしょう。あなたたち出版社は売れると分かったジャンルにこぞって群がる。尻馬に乗って二匹目、三匹目のドジョウを狙う。三匹目のドジョウを摑んだ読者が読後に満足するかどうかよりも、流行の中でとりあえず類似品を多く作り、消化することを優先していやしませんか？」

かなり手厳しい言葉だった。

「あるいは時代の流れとともにクレームを恐れ、不穏な表現や暗く重い展開をカットし、まるきり無菌室か砂糖だらけの菓子のような、とにかく批判だけされないような本を作ってはいませんか？」

確かに今の時代、テレビドラマでもアニメでも映画でも表現に対する規制はなにかと厳しい。版元が萎縮《いしゅく》し、自主規制することも少なくないと聞く。最悪なのは出版した本が世間で問題ありだと叩かれ、出版停止や自主回収するはめになることだ。損失のことを考えると会社としては、それだけは避けたい。

「編集者というのは毎月のように新しい本を担当して世に出さなければならないわけですから、一冊一冊と心中するわけにはいきませんよね。けれど自社の製品を少しでも多くの人に買ってもらうために作品には口を出す。なんと言ったたって商売ですから」

「その行為が作家さんの目にはときに無粋《ぶすい》で、無神経なものとして映ってしまうんでしょうか？」

「誤解しがちですが、作家だって自分の本を多く売りたいと思っていますよ。わたしの本を売ってくれるな、どうか世間に広めてくれるなと思いながら物を書く作家なんていない。作家も編集も、目的は同じはずです」

先生は席を立ち、冷蔵庫のほうへ向かった。年代物の小振りな冷蔵庫だ。冷凍庫のほうを開けて、そこからアイスを取り出した。

「そうなんです。少しでも売りたい。同じ気持ちのはずなのに、酒枝先生はわたしに口を出して欲しくないと……」

「わたしが同じだと言ったのは目的ですよ。気持ちは同じじゃない。作家と編集が同じ気持ちでいるなんてことはあり得ません」

「あり……得ないんですか?」

「あり得ません」

そう断言すると先生はアイスの袋を開け、中身を取り出した。今日の空のような、はっきりとした水色のアイスで、棒が二本ついていた。真ん中でふたつに割るタイプのアイスだ。懐かしい。

「先ほども言いましたが、編集の思う売れる作品というのは、基本的にはケチのつかない作品なんです。読者の反応が予想できない内容や展開、時代や流行の流れにそぐわない新しい試み。あるいは懐古的な試み。そういう要素を押し出すのは言わば博打《ばくち》のようなもので、たいていは嫌います。それなら過去のヒット作と照らし合わせて、これはあの作品風だ、とか、あの作品が受けた読者層にアピールできそうだとか、ある程度予測が立てられる物のほうが売りやすいと考える。もちろんそれは間違いではないし、悪いことでもない」

　だけど、作家の気持ち、考えはまた違うと御陵先生は言った。

「同じ『売りたい』でも作家のほうは、納得のいく自分の作品を売りたいと考えている。自らの表現を突き詰めた先に作品があり、その結果読者に未知の読書体験を味わわせたり、感動を与えたりできれば、結果的に数字がついてくるはず。ついてきて欲しいと考える。そこで両者の考えにずれが生じる」

　その言葉と同時に、先生はアイスを半分に割った。

「考えや価値観が違い、下す判断も違うからそこに議論が生まれる。しかしそれは必要な摩擦です」

「もしかして……それって先生の経験談ですか？」

「あくまで一般論です。もちろん例外はありますが。……栞さん、なに自然に手を伸ばしてるんですか。アイスあげませんよ」

「え！」

てっきり半分こしてくれたのだと思って、当然のように手を伸ばしていた。

「両方ともわたしのです。はー冷たい」

「せっかくちょっと感心してたのに……」

実のところゆうべは色々考えごとをしすぎてまったく眠れなかった。御陵邸へ来る途中から頭がぼんやりしており、アイスでしゃきっとしようなどと考えていたので、あてが外れてがっかりした。

わたしを無視して先生は続ける。

「ですが今回問題なのは、聞いた限りでは、酒枝先生が必ずしも自分が納得のいく作品を作ろうとしているようには感じられないという点ですね」

「そ、それはどういうことですか？」

「別に、なんとなくそう感じただけの話です。ですがいいですか？　多くの作家は、たったひとつの自分の人生を費やして、自分にしか表現できないものを表現したいと思い、将来になんの保証もない作家業なんてものに就いた愚《おろ》か者たちです。ひとりの作家が一生の内に世に出せる本の数なんてたかが知れている。そして一生の内に食べられるアイスの本数もたかがしれています」

「アイスのことはいいですから」

「つまり一冊一冊が作家にとっての特別な名刺であり、決死の訴《うった》えなんですよ。場合によっては担当編集を傷つけるつもりで抗《あらが》うくらいのことがあったって、不思議はないでしょう？　だからいつまでもしょげた顔をしてんじゃねえってことです」

「先生……」

「百万部がどうとか大口を叩いていたのは栞さんでしょう」

先生からこんなことを言われるなんて、今日はよっぽど元気のない顔を見せてしまっていたのだろう。なんだか申し訳ない気持ちになった。

先生が食べ終えたアイスの棒を見ながら言う。

「あ、一本当たりが出ました」

「当たりですか。ハハ、小説の中の話だとそういうのが登場人物の復活の兆《きざ》しになったりするんですよね」

「あとでお店に行って交換してもらいましょう」

「そう……ですねー」

「ついでに栞さんも新しいのと交換してもらいましょう」

「はい……」

「栞さん?」

「はーい……」

わたしは自分でも気づかないうちにテーブルに突っ伏して、曖昧《あいまい》な相づちを打つばかりになっていた。身体はだるく、思考は思うように働かない。話の途中からそうだったのが、今はさらにひどくなっていた。

まぶたは開いているんだか閉じているんだかはっきりせず、脳裏には先生がアイスをふたつに割る場面が無意味に鮮明に、幾度となく繰り返し再生されている。

「栞さんっ」

珍しく真剣味を帯びた先生の声が遠くのほうで聞こえた気がした。けれど、身体を起こす気力も湧かず、わたしはそのまま眠りに落ちた。

*

「きみ、ひとりで留守番してるの?」

「うん」

「そう。じゃあ人質になってよ」

彼、外貝頼人《そとがいよりひと》はそう言って七歳のわたしにピストルを突きつけた。

七月第二週の日曜日、午前九時頃のことだった。

それから二十時間、わたし平摘栞は突然家に訪ねてきた見ず知らずの青年と過ごすこととなった。あまり頓着していないのか、青年の髪は目にかかるほど長く、印象のはっきりしない容貌《ようぼう》の中で、少し神経質そうな双眸《そうぼう》だけが異様な輝きかたをしていた。

夜になる頃には家の周囲が騒がしくなり、その段階でわたしは自分が大事件に巻き込まれていることを悟った。

そのことは『尾道《おのみち》立てこもり事件』として全国的に報道されていた。

箪笥《たんす》の奥にしまってあった母愛用のマフラーを見つけると、外貝青年はそれで自分の腕とわたしの腕を縛ってつなぎ、常にわたしをそばに置いた。そして二階に陣取って時々テレビをつけてはニュースを確認した。

あとは――ただじっと本を読んでいた。

警察からの呼びかけに応じる様子も見せない外貝青年に、わたしは恐る恐る尋ねた。もちろん散々泣きわめいたあとでのことだ。

「なんでこんなことをするの？」

彼は怒りもせず、笑いもせず、言った。

「どうしてだろう。最初はお金目的だった。だけど段々それもどうでもよくなってきた。こうして包囲された今、ぼくに逃げ場なんてないし。もともとそんなものはなかったような気もするけど」

　彼の話しかたには確かな知性が感じられた。見たところまだ若い。そんな彼がどういった事情で行き場をなくしてしまうことになったのか、幼いわたしには想像もつかなかった。

「なに読んでるの？」

「春海十二《はるうみじゅういち》」

「はる……？」

　わたしにはよく分からなかった。

「こんなときなのに」

「こんなときだから読むんだ。きみは本を読む？」

　問い返されて、わたしは首を振った。絵本なら読むけれど、それ以外の本はまだ進んで開いたことがなかった。それをするにはわたしはまだ幼すぎたのだ。

「そう。ならいつか読んでみるといい。どの本かは分からないけれど、どこかに必ず理不尽さに対抗する術が記されているはずなんだ。残念ながらぼくはまだそれを見つけることができていないんだけれどね」

わたしには彼の言っていることが半分も理解できなかった。

「ぼくの弟はね、すごく文才があるんだ。ぼくとは違ってね」

微妙に話題が飛んだ。彼の目に宿る理性が危うい光を放っている。

「悔《くや》しいけど、あいつならいつかきっと作家として世に出るはずだし、もしかするとその作品で理不尽への解答だって示してくれるかもしれない。きみが大きくなって、そのとき本に興味を持っていたら、ぜひ読んでみて」

彼はそう言った。しかし彼の言った通りになったとしても、それだけの情報でどれが彼の弟の書いた本か判別できるはずもなかった。

話が終わると外貝青年はそれきりまた本の世界に没入していった。もうすっかりわたしに興味をなくしてしまったみたいだった。膝の上には常に黒いピストルが置かれていた。最後の一本の牙のように。

そのとき、不自然なほど表が静かになった。上空のヘリコプターの音だけが不気味に轟《とどろ》いている。

「ねえ……」

わたしはそれが気になって青年の腕を揺らした。

「お外……」

なにかが起きる予感がしていた。おまけに我慢し続けていたトイレも、そろそろ限界だった。

「お兄さ……」

「うるさいな！　ねえ！　うるさいよ！　すごく耳障《みみざわ》りで……ねえ！　人が本を読んでるんだ！　少しの間くらい静かにできないのか！」

まるで人が変わったようだった。青年はわたしを怒鳴りつけ、柱に拳を打ち付けた。彼の中にはわたしには想像もつかない混沌《こんとん》としたものが渦巻《うずま》いているようだった。

「ぼくは手がかりを探してるんだよ！　どうしてみんな邪魔ばっかり――」

次の瞬間、突然家の中の電気が消え、二階の窓ガラスが割れた。

割れた窓からは白みはじめた東の空の柔《やわ》らかな光が入り込んでいた。次いで外貝青年の叫び声と大人の男の人たちの怒声がして、激しく乱闘する音と振動が暗闇の向こうから伝わってきた。

それから鼓膜《こまく》をつんざくような銃声が一度響き、かと思うとあっという間に騒ぎが静まった。

誰かがわたしの肩に手を置いた。大きな手だった。

「もう大丈夫だよ。お父さんとお母さんのところへ戻ろうね」

*

「やっちゃった……」

次に目覚めたとき、外はもう夜だった。それもただの夜ではない。深夜だった。

「体調崩して作家さんの家で倒れちゃうなんて……」

ゆうべもまったく眠れていなかったけれど、そういえばそもそもここ数日忙しさから睡眠不足が続いたし、疲れがたまっていたのかもしれない。けれどまさかここでそのツケを支払わされることになるとは。情けなさで叫び出したい気持ちだったが、こんな時間ではそれもはばかられた。

「そうだ……先生はどうしてるんだろう?」

わたしは目覚めた布団からそろりと抜け出した。そこはどうやら御陵先生の寝室のようだった。他の部屋同様、ここも本で溢れ返っている。

「わざわざ運んでくれたんだ……」

廊下に出て左右を見る。玄関先にオレンジの明かりがひとつついているきりだった。

「先生?」

薄暗い中を壁伝いに歩き、先生の姿を探した。まだ少し足がふらついたが、倒れる直前の熱っぽさは引いていた。

居間や客間には電気はついておらず、人の気配もなかったので、書斎はどうだろうと思い、ドアノブに手をかけた。

「あのー……」

そっと中をうかがう。中は暗く、寝室以上にたくさんの本が積まれているため、人がいるかどうか判然としなかった。

電気のスイッチを探しながら奥に進むうちに机の前まで到着してしまった。そこまできてしまうと、電気をつけるまでもなくここに先生がいないことは確認できた。

けれど廊下に戻ろうとしたとき、わたしの腕が机の上の本に当たってしまい、何冊かが音を立てて床に落ちてしまった。

「あちゃー……！」

慌てて拾い上げようとして、手が止まった。一番上の一冊は、落ちた拍子に頁が開いていた。

「これ、スクラップ……？」

机の電気スタンドをつけ、一度表紙を改めた。年季の入った青いファイルで、それなりに分厚かったが、その割に表紙にはなにも書き込まれておらず、情報が読み取れなかった。いけない。こういうことはよくない。

そう思ったが、頁をめくる手を止められなかった。思えば、なにか予感めいたものがあったのかもしれない。

そこには様々な新聞の切り抜きが貼り付けられていた。わたしの目は釘付けになった。

「どうして……先生がこんな物を……？」

新聞の種類は様々だったが、そこで扱われている事件はただひとつだった。

「尾道……立てこもり事件」

人質となった当時七歳のわたしの名前。犯人の情報。因果《いんが》関係の推測。事件の発端《ほったん》とその後。

当時の、各紙の記事がスクラップされていた。

「勝手に書斎に入って盗み見ですか」

声に振り向くと書斎入り口に先生が立っていた。夜の陽炎《かげろう》みたいに。

第四章　或いは平積み

「あなたの電話に編集部から何度もかかってきていましたよ。放っておいたら家の電話にもかかってきたので、仕方なく対応しておきました」

「すみません……」

普段から自分で淹《い》れて冷やしているのだろうか。先生は冷蔵庫から麦茶を取り出すと、食器棚から湯のみを取り出した。

「あ、おかまいなく……。倒れたのはわたしの体調管理ミスですし」

台所のすぐ隣には普段使われていない小さな居間があり、ふたつの部屋の境目には二、三十センチほどの段差がある。わたしはそこに腰をかけ、半《なか》ば放心気味で先生の動きを目で追っていた。

「なに言ってるんですか。これは自分で飲もうと用意した麦茶です。人の家に来る度に意識を失うような貧弱編集はそこで乾涸《ひから》びていればよろしい」

「あ、はい……失礼しました……」

ぽつりとそう返すと、先生は麦茶を手に真っ直ぐわたしのほうへ近づいてきた。狩りをするときの猫のような、静かな足運びだった。

「なんですか張り合いのない。そんなに麦茶が欲しかったのですかこのいやしんぼ。ならいくらでも飲ませてあげましょう」

先生はわたしの鼻を摘《つま》んで二リットルの容器から直にわたしの口に注いできた。

「ガボガボ！　なにすんですか！　は、離せー！　いやー！　ゲホゲホ！」

「おお、元気になった。栞《しおり》さんはしぶといサボテンのような人ですね」

「溺《おぼ》れ死にするところだったんですけど……ゲホ」

とは言え、思った以上に身体は水分を欲していたようで、流し込まれた麦茶が五臓六腑《ごぞうろっぷ》に行き渡る感覚はかなり心地よかった。

しばし、沈黙があり、時計の針の音が台所に響いた。

わたしは秒針の音の合間を縫《ぬ》うように先生に問いかけた。

「先生……わたしのこと、調べたんですか？」

「……いいえ」

「でも、あの記事……」

「あれは栞さんがわたしの担当になったから集めた物――ではありません。ずっと前、事件当時に自分で切り抜いていた物です」

「事件当時に……？　でも、それは」

十六年も前の話だ。

先生は麦茶を足下に置くと、着物の袖《そで》に手を入れて腕を組み、わたしに背を向けた。

「あなたが最初にここへやってきた日、名前を聞いて驚きました。平摘《ひらづみ》栞――あの頃、紙面で何度も見た名前だった。犯人の人質となった少女、栞。いや、そんなまさかと思いました。偶然にすぎないと。けれど年齢も一致する。方言の特徴から、あの事件のあった土地の出だということも察しがついた。その時点で、疑念は確信に変わっていました」

「確かに……あの記事にある女の子はわたしのことです」

普段人前では口にはしないけれど、わたしは子供の頃、立てこもり事件の人質になるという珍妙な経験をした。それは揺るぎのない事実だ。

しかしあれはもうずっと前の話で、東京に出てきてからは誰にも触れられたことはなかった。この国では毎日のように新たな事件が起きる。傷ひとつなく無事救い出された人質の少女のことなど、世間はいつまでも覚えてはいない。だから、改めて自分から口にしたこともない。

「だけどあんな昔の事件、どうして先生が？　ここは縁もゆかりもない、ずっと遠くの土地で起きた事件なのに」

「縁もゆかりも、あるんです」

わたしは口を挟《はさ》まず、次の言葉を待った。

「わたしは両親と共に一度は他県に移った。以前そう言いましたよね。そのとき住んでいたのが、広島なんです」

わたしの故郷であり、事件があった土地だ。

「あの……待ってください。改めてはっきり聞いたことなかったですけど……せ、先生の年齢って……」

事件があったのが十六年前。あのとき、わたしを人質にした青年は十代後半、多く見積もっても二十歳《はたち》そこそこ。それから十六年経ったら——。

わたしはその場に立ち上がり、わずかに先生から距離を取った。

当時、警察の特殊犯捜査係による突撃は成功し、午前四時過ぎ、人質であるわたしは無事救出された。

犯人の青年は逮捕され、その後法廷に立たされた。死者こそ出さなかったものの、短いとは言えない刑期が課せられた。すべて、何年も後になって両親から聞かされたことだ。

それ以上のことは分からない。心配する両親の目もあって、あえて調べることをしてこなかった。

けれど、今現在はもう塀《へい》の外に出ているはずだ。記憶にある容姿とずいぶん違うが、変えようと思えば顔は整形でなんとでもなる。

「もしかして先生が……あのときの……」

外貝頼人《そとがいよりひと》――。

「面白い推理ですが、違います」

わたしの考えは、しかし先生によってあっさりと否定された。

「言ったでしょう。あの新聞記事は、当時自分で切り抜き、集めていたものだと。もしわたしが犯人だったら、新聞なんて集められません」

「そ、そうでした……それなら……」

「わたしは、外貝頼人の異母兄弟《いぼきょうだい》です」

出し抜けに告げられた事実に、わたしの反応は一拍も二拍も遅れた。

「彼は、わたしの兄です」

「あ……ああっ！　兄弟！」

わたしは手を打ち鳴らした。意図しない小気味のいい音が台所と居間に響いた。

「う、うち、思い出した！　あの人が言っとったこと！　確か弟がおるって……」

「兄は栞さんにそんなことを話していたんですね」

「話しました！　文才のある弟がいるって！」

そのことを聞かせると先生は苦虫を嚙みつぶしたような表情を浮かべた。

「文才……ですか。それをあの人が言いますかね」

「び、びっくりじゃ……」

とにかくわたしは身近にあの事件の——間接的ながら——関係者がいたことに驚くばかりだった。

「あの……こんなこと聞いていいか分からないんですけど、あの人……今はどうしてるんですか？」

その質問に御陵《みささぎ》先生は少し意外そうな顔をした。

「あなた、結構図太いですね。自分に拳銃を向けた犯人のことを知りたがるとは」

「実のところ、ぼんやりとしか覚えてないんです。なにしろ七歳の頃のことですから。それに……あんまり、怖くなかったんです」

「怖くなかった？」

「はい。これを言うと、両親や周囲の人はわたしが強がってると思ってなおさら気を遣ってくれるんですけど、本当にあの人のこと、そんなに怖いと思わなかったんです。不思議なんですけど」

助け出されたわたしは、大人たちから怖かっただろう恐ろしかっただろうと何度も声をかけられた。

「うん、怖かった」

そのときはそう答えたけれど、それは嘘だった。本当は、それほど怖くはなかった。うだるような夏の暑さの中、縛られた状態でわたしは見ていたのだ。

夢に破れ、お金もなく、立てこもりという罪を犯してしまい、そのとき未来も失いつつあった青年が、立てこもりの間ずっと本を読んでいるのを。これまでに何度も読み返したのか、その文庫本はボロボロだった。

解放されたわたしの胸に残っていたのは、突きつけられた銃口の恐怖でも、周囲を取り囲むマスコミの喧噪《けんそう》でもなく、世界の出口を見つけようとするみたいに静かに本を読むあの青年の姿だった。

すべてを失った彼に、本だけが寄り添っていた。

もちろんああいった事件に巻き込まれたことはショックだったけれど、どちらかというと事件後の取材や、学校でさらされる好奇の目のほうが辛かった。

「変わった人ですね」

先生はそう言い、近くの柱に背を預けた。それからさしたる感情も込めず、言った。

「兄は死にました」

意識してそうしたのかは分からないが、実に淡白《たんぱく》な物言いだった。言葉の内容を、兄は結婚しました、に変更しても違和感がなさそうだった。わたしはなにも言えなかった。

「出所後、自分で命を断ったんです」

死んだのです。先生は再度そう言った。

「あの人は生きる時代も場所も間違えていたような人でした。誰よりも繊細《せんさい》で、使い道のない純粋さに溢《あふ》れていた。だからこそ世の中の理不尽に苦しんでいたし、それにまみれて濁《にご》っていく自分を許せなかった。そして同時に鈍感《どんかん》でもあった。人と付き合う上で欠かせない共感力が、決定的に不足していたんです。その点はわたしも似たり寄ったりでしたが」

笑うところですよ、と先生は言った。笑えなかった。本当に。

「そんな人だったから、釈放されても行き場なんてなかった。だから、自決したんです。文字通り、自分で決めたんです。わたしがそれを知ったのは、父親からの電話でした。あいつが死んだ。世間の目があるから葬式は出さん。父は、迷惑極まりないといった調子で事実だけを端的に告げてきました」

「そんな……」

「わたしたちの父はごく控《ひか》えめに言ってクズそのものでした。もうずっと会っていませんが、今も変わらず健《すこ》やかにクズでしょう。女に執着《しゅうちゃく》し、自分だけの考えと価値観に執着する男でした。当然、わたしや兄のような人間とはとことんまで合わなかった。もう永劫《えいごう》、分かり合うことはないのじゃないかと思っています。事実兄は最後まで自分を分かってもらえなかった」

先生ははっきりとは言わなかったけれど、そのあたりにお兄さんがあんな事件を起こした理由が潜《ひそ》んでいるように思えた。けれど、突っ込んで問いただす気にはなれなかった。十六年も前の事件の、すでに命を断ってしまった犯人の動機や心情を聞き出して、それでどうなるだろう。

けれど、これだけは聞かずにはいられなかった。

「先生は……わたしがあの事件の子供だったから、担当することを許してくださったんですか？」

すると先生はあからさまに不機嫌な顔をしてわたしのおでこをペシリと叩いた。

「あいたっ！」

「そんなわけがありますか。なかなか根性があって、溝掃除にも便利に使えそうだったから、お試しで家に上げただけです」

「そんなあ」

「ところで栞さん、朝になったら電話しておいたほうがいいと思いますよ」

「あ、会社に電話ですね。先生が対応してくれたんですよね。改めてありがとうございます」

「いえいえ大したことではありません。ちゃんと新山《にいやま》さんに伝えておきましたよ」

「なんて？」

「栞はわたしの胸にしなだれかかってきた。今はわたしの寝室のベッドで眠っている」

「誤解が！　大いなる誤解がっ！」

翌朝一番に編集長に電話したが、身の潔白を信じてもらうまでにたっぷり一時間かかった。

＊

九月末、わたしは改めて編集長に酒枝《さかえだ》先生のことを相談した。実際に原稿にも目を通してもらった。その上で編集長はこう言った。

「現状の形でも物語としての構成、クオリティは問題ない。結末をどうするかに関してだが、これはもう担当のおまえと酒枝先生の間での問題だ」

「わたしと先生の……」

「制作側の事情や込められた思いなんてものは読者には関係ない。売りたい売りたいと野心たぎらせて計算づくで書こうが、商業主義に反抗して文学的に価値のある作品を書いてみせると意気込んで書こうが自由だが、結局は事情を知らない読者が読んで面白いと思うかどうかだ」

もっともな意見だった。

「だからせめてしっかり話し合って、納得のいく結びかたを選択しろ。ただし、あまり時間はないぞ。発売日はずらさんからな」

「は、はい！」

「ところで平摘」

「はい？」

「うまいことやったな。御陵先生、おまえのことをかなり気に入ってるようだ」

「だからそれは誤解ですってば」

「先生は未婚だし、問題はない。隠すことはないだろう」

「だからー！」

御陵先生との妙な噂《うわさ》はなかなか消えなかった。過去の因果《いんが》が明かされて、少し先生のことが分かったようにも思うし、もしかしてけっこう気に入ってもらえているのかなとは自分でも思うけれど。

それとは対照的に、わたしと酒枝先生との関係は正直それほど好転しているとは言えなかった。一度謝罪も兼ねて電話したときにはもう普段通りの物腰に戻っていたけれど、物語の結末の変更だけは変わらず聞き入れてもらえなかった。

けれど、わたしたちは石のように転がりながらでも前に進まなきゃならない。現実と同じで、作っている最中は物語の中にも時間が流れている。食べ物に食べ頃があり、家電に売り時と買い時があるように、物語にも書き時や売り時というものがある。いつまでも迷い、ストップをかけて作家を立ち止まらせるわけにはいかないのだ。

その晩、わたしは『ロング・ラン』を訪《おとず》れた。ホットチョコレートをちろちろと舐《な》めながら改めて酒枝先生の原稿に目を通す。読めば読むほど、ラストシーンが辛く、同時にそれに対してなにもできない自分の無力さを感じた。

「せめて、他の部分でもっと改善点がないかチェックしなきゃ」

娯楽として楽しむのではなく、これから世に出る商品として検査し、点検し、疑問点があれば些細《ささい》なことでも赤ペンで書き出しておく。それは、純粋な読書とは言えない行為かもしれない。けれど、誰かがやらなければならないのだ。

たとえこの作品が本となってのちに百万部売れて、百万人の人を楽しませることになったとしても、編集者だけはその中には含まれない。それは少し寂《さび》しくもあるけれど、それが編集という仕事だ。

文字の一語一語を、お母さんのよそってくれるご飯の一粒一粒と同じように味わい、またホットチョコレートを飲む。

わたしはかなり原稿に集中していたようで、気がつくと一気に最後まで読み進めてしまっていた。

「ふはあ!」

息を吐き、伸びをする。

「自分なりに色々書き出してみたけど、もっと読み込まないとなあ」

そうしているつもりでも、人間そう簡単に客観的には物を見られないものだ。それが、自分がはじめて担当した作家の原稿ならなおさらだ。

とりあえず続きは家に帰ってからにしよう。

「その前にこれもう一杯飲んじゃおうかな。太るかな」

などと言いながらホットチョコレートのお代わりを注文しようと顔を上げた。するといつの間にか空いていた隣の席に男性が座っていた。見た目は六十代くらいで、ひとりでのんびりお酒のグラスを傾けている。

「……あれ？」

なんとなく見覚えがあった。首をかしげていると、相手もこちらを向いた。

「やあ、また会ったな」

「あっ！　こないだの！　『ロング・ラン』のおじさん！」

いつだったか、酒枝先生の著書を読み込んでいたときに知り合った男性だった。と言っても、まだ名前も知らない。

「いかにも編集さんらしい仕事してるなと思ったから、声はかけないでおいた」

「あ、あのときは……なんていうか色々失礼なことを！」

「失礼？　いやちっとも。きみ、色気はまったくないけど面白いし。全然オッケー」

「うう……ありがとうございます」

当たり前なのだが、御陵先生のところに一泊してなにひとつ起こらなかったこともあって、色気云々《うんぬん》については反論できなかった。

「仕事終わったんだよな？　じゃあ飲もう！」

「えっ、いや……それはちょっと。こないだの翌日は散々だったので……」

「まあそう言わず一杯だけ付き合ってよ。孤独死寸前の老人のわがままだよ」

「孤独死寸前の人には見えないほど瞳がキラキラしてますが……」

　そして結局、飲まされた。

　その結果――。

「これがまたねえ……大変なんれすよ……。企画を出してみればダメ出しばっかり……もっとよく練ってから出せって……。こっちは練る暇もないほど仕事山積みにされてるんれすよ！　練る暇も、寝る暇もないのにって……うふふ、今の……ねえ今の……ダジャレ……ふふ！　狙ってなかったのに偶然ダジャレになっちゃった……ひゃはははは！　ねえ、聞いとるんですか？　ちょっとー！」

　結局酔った。

「はいはい聞いてるよ」

「それに作家ってのはあの人もこの人もー、癖が強すぎるんれすよ！　頑固《がんこ》っていうか！　もう少し編集を信じてくれても罰《ばち》は当たりゃーせんですよ！」

「まあそう言うな。癖の少ない人間はそもそも作家なんて商売に手は出さん」

「あー、言いますね。言うようになりましたねー。この平摘編集の前で作家論とはいー度胸じゃーー！　あんたはー……えっと、あんた名前なんじゃったっけ？」

絡みながら、途中でまだ相手の名前も知らないことに気づいた。

「こりゃー。其処許名《そこもと》を名乗れー。であえであえー！」

「まだ言ってなかったかな？　そりゃ悪かった」

質《たち》の悪い酔っぱらいの絡み酒にも辟易《へきえき》する様子を見せず、彼は自分の財布を開いた。

「ああ、あと一枚残ってた」

そう言って差し出してきたのは少し角の折れた名刺だった。

「ああ、名刺れすか。これはこれは。えっと、はる……うみ……？」

「ありゃ、編集って言っても若い子は知らないか。あーあ、俺もまだまだだなあ」

わたしは受け取った名刺を考えなしにカバンの奥深くにしまい、グラスを掲げた。

「まあとにかくもう一杯飲みますよー！　御陵のバカー！　かんぱーい！」

結局絡んで、また迷惑をかけた。会話に花は咲いていたような記憶はあるけれど。

「聞いてくれよ、こないだオークションで欲しい本を手に入れ損ねてさ」

「はあ、オークションれすか？　競った相手が？　十万以上はたいて落札を？　便所の落書きの本？　アハハーなんれすかそれ。世の中には変な物を欲しがる変な人がいるんれすねー……」

そうして、わたしという人間は進歩しているんだかしていないんだか分からない状態ではあったけれど、日々は否応《いやおう》なしに進んでいった。

＊

翌日、こめかみを押さえながら編集部に行くと、朝からなんだか様子が違っていた。

「あ、今来ました。おーい栞ちゃん」

巳波田《みなみだ》さんがデスクの向こうからわたしを手招く。

「なんですか？　う、頭痛い……」

ゆうべのお酒がまだ抜け切っていない。とぼとぼ歩いてそちらへ行くと、編集長や長谷《はせ》川《がわ》さん、それに千豊《ちとよ》さんもそろっていた。

「皆さんどうしたんですか？」

「どうしたもなにもおまえ」

編集長は少し困った表情でわたしの隣に視線を投げた。つられて横を向いて、叫んだ。

「わあ！　わあ――――！」

二度に分けて叫んだ。

隣に立っていた人物は太い眉を不機嫌そうに吊り上げて、わたしに言った。

「大口開けて叫ぶな。はしたない女だと思われるじゃろうが」

「お、お、お父さん！」

そこにいたのは父だった。どこからどう見てもわたしの父だった。今時珍しいダブルのスーツを着込み、手には銀座のデパートの紙袋を持っている。

「な、なんでここに!?　いつ出てきたん!?」

「昨日からよ。仕事の都合でな。で、せっかく東京に出てきたけえ帰る前にこうして娘の職場の皆さんに手土産持ってご挨拶《あいさつ》にきたんよ。それがなんじゃ、新人のくせにおまえ、皆さんより遅う出勤するとは」

「こ、こんなとこで小言はやめてよ。皆さん見とるよ。恥ずかしい……」

「恥ずかしいのはわしのほうじゃ！　あれだけの啖呵《たんか》切って家を飛び出したくせにこの体たらく。あの約束がなかったら今すぐ広島に連れ戻しちゃるところじゃ」

ああ、相変わらずだこの人は。いつも自分ひとりで決めて思うままに行動する。例えば東京に来ることを事前にわたしに知らせようなどとは、これっぽっちも思わないのだ。

「こんなことなら結婚のこと、もっと早いうちからわしのほうで進めとくんじゃったわ」

「え？　結婚？　それに約束って？」

父の言葉に皆が反応する。

「いや！　違うんですよ！　これは、ハハハ……」

慌ててごまかしていると、編集長がポンと手を打った。

「ああ、御陵先生とのこと、やっぱり噂じゃなかったのか」

「ちょ、ちょっと編集長なに言い出して……」

「もうそこまで話が進んでたとは驚きだ」

空気を読まない編集長の言葉に、今度は父が片眉を吊り上げた。

「みささぎ？　噂？　えっと、新山さんでしたか。それはいったいなんの話ですか？」

「え？　ですから、担当している作家といい仲になって、それで結婚という話では？　こないだ一泊してきたそうで。いや、なんにしてもこりゃおめでたい」

「ぎゃあああ！　なに言ってくれてるんですか編集長！」

誤解も誤解。甚《はなは》だしい考え違いだ。

「違う！　違ーう！　なにもかも！　解散！　そうだ、皆さんここはいったん解散しましょう！　お、お父さんうちの話を聞い……」

「担当作家といい仲？　一泊？」

わたしは慌《あわ》てて誤解を解こうとしたけれど、もう遅かった。父は昔から思い込んだら話を聞かない。

「し……栞……おんどりゃあ！」

父は手土産を紙袋ごと放り出し、いきなりわたしに摑みかかってきた。千豊さんが上手に袋をキャッチする。

「嫁入り前の娘がヤクザな作家なんかの手込めにされよってからに！　母さんになんて報告するつもりじゃ！」

「や、やめ……やめて！　そんなに揺らさんといて……昨日のお酒が……う……うっぷ……」

「ならこうじゃ！」

背後から父の太い腕がわたしの喉に巻き付いた。父の得意技、裸絞《はだかじめ》だ。

「ちょ、ちょっと、事情はまったく分からないですが少し落ち着いて！」

周りで皆が止めようとしてくれていたけれど、言葉だけで実際には近づいてもこない。野太い声でおんどりゃあなどと叫ぶ人は東京にはあんまりいない。おまけに父は鍛《きた》えており、体格もいい。下手に近づかないほうがいいと踏んだのだろう。

その判断は正しい。けれど、わたしはもう限界だった。

「あれ？　平摘の顔色が埼京線《さいきょう》の車体みたいに」

最後に聞こえたのは千豊さんのそんな言葉だった。

「み、皆さん今日まで……ありが……」

二日酔いのわたしは激高《げっこう》した父によって、実に数年ぶりに絞め落とされた。

*

平日午前中の喫茶店は人もまばらで、店員同士がおしゃべりに興《きょう》じている様子が目に入るくらいにはゆったりとした雰囲気だった。

「おまえ、こっちじゃいつもこういうしゃれた店に来とるんか？」

父は店内を指してそう言った。

「店のことはいいよ。それより娘の命の心配をして」

わたしは編集長の許可を得ると、父を連れて会社近くの喫茶店に連れて行った。父は終始憮然《ぶぜん》とした顔をしていた。

「なんやその気取った話しかた。もう東京の人間気取りか」

「はいはい気取ってますよ」

御陵先生に関する誤解は、千豊さんや巳波田さんの口添《くちぞ》えもあってなんとか解《と》くことができた。ひとまずこれで安心だが、できればわたしが絞め落とされる前に誤解を解いて欲しかった。

「東京はいつ来ても高いビルばっかりじゃ。それになにが気に食わんのか、いつ来ても町のどこかを工事しとる」

なにが気に食わないのか、はこっちの台詞だった。父は面白くなさそうにブラックのコーヒーを一気に半分近く飲んだ。

「いつ帰るん？　なんだったら今日はわたしの家に――」

「午後の新幹線で帰る。四時間座りっぱなしじゃ」

人が宿の心配をしてあげているのにバッサリだ。

「暇なら駅の本屋さんで本でも買っていけば？」

父は本を読まない人だ。それが分かっていて、あえてちょっとした意地悪のつもりでそう言った。けれど父はそれには応戦してこず、ふと目を細めて言った。

「あれが、おまえの仕事場なんじゃのう」

「え？　ああ、編集部ね。そうよ」

「よく分からん本に書類に段ボール……床にも机の上にも。全然片付いとらんかったな。引っ越しの途中か？」

「いや……いつもああなんよ」

「仕事は、続きそうなんか？」

「当たり前でしょ。ずっと就きたかった仕事なんだし」

「人間関係は？　上手くやっとるんか」

「見たでしょ？　みんなええ人たちよ」

「飯はどうしよるんや」

「それは……コンビニとか」

「母さんが心配しとったぞ。ろくなもんを食べとらんのじゃないか言うて。ほんまはこっちへ来るときもわしに漬物持たせようとしたくらいじゃ」

「それは今度宅配で送って」

「仕事は……」

「もう、さっきからなんなんよ。雑誌のインタビューみたい。大丈夫だってば」

途切れることない父の質問にわたしは音《ね》を上げかけていた。無事就職もして親元を離れたというのに、それでも父にとってわたしはまだまだ半人前なのだ。

わたしの言葉を受けても父はなお質問を続けた。

「仕事は……楽しいか？」

わたしはしばし唖然《あぜん》としていた。まさか父からそんな質問が飛び出るとは思ってもいなかった。わたしの知る父は、少なくとも、わたしが思春期に入って以降の父は、わたしがなにをどう感じ、どう思っているかなどということを知りたがるような人ではなかった。

おまえはこういうふうになれ。こう考え、こう進み、このように生きてゆけ。それが間違いのない生きかたなのだと考えているような人で、だからわたしの考えをうかがうようなことはしたことがなかった。

「そりゃあ……楽しいよ。うちの夢じゃったし。実際やりがいもあるし」

思わぬ質問に戸惑《とまど》ったということもある。けれど、そのことを差し引いても、そのときわたしは迷いなく楽しいと答えることができなかった。

頭の中には酒枝先生との問題が渦巻《うずま》いていた。

「アホか。楽しいだけで食っていけるんなら日本はもっと幸福な国になっとるわ。アホめ」

「訊《き》いてきたのはお父さんでしょ！」

「仕事は苦しいもんじゃ。辛くて大変なんが当たり前なんじゃ。楽しいだのなんだのと言うとられるのは、おまえがまだ本当の責任を背負うとらんひよっこだからじゃ」

それは、いかにも父らしい考えかただった。

「そんな考えじゃ三年待つまでもなく音を上げるかもしれんのう」

あからさまにこちらを煽《あお》るようにそう言い、父はコーヒーの残りを飲み干した。娘が就職して少しは変わったのかと思ったが、父はやっぱり父だった。

「わたしは音を上げたりしない！　三年後に絶対見返してやるけんね！」

売り言葉に買い言葉で言い返しはしたものの、それははっきり言って強がりでしかなかった。

＊

突然ひとりでやってきた父は、言いたいことを言い、聞きたいことを聞くとさっさと帰っていった。迷惑をかけたことを編集部の面々に謝ったが、誰も気にしてはいないようだった。むしろいい親子に見えたと言われた。さすがにそれは心外だった。

それから四日後、預かっていた酒枝先生の原稿もチェックが終わった。修正案を記入した原稿データを酒枝先生に送ると、一週間後には修正原稿が送られてきた。

その場で恐る恐る原稿をめくった。問題となっている物語の顚末《てんまつ》はやっぱり変更されてはいなかった。

「ラストシーンは……」

やはり主人公の小野田《おのだ》と少女は、悲劇的な最期を迎えている。先生がこの終わりかたに強いこだわりを持っていることはこれでよく分かった。これが、彼なりの売る努力だというが、わたしにはそれが生み出す効果のほどがまだ見えてこなかった。

確かにセンセーショナルではあるけれど、単なる悲劇なら他にもそれを得意とする作家さんはたくさんいる。今まで悲劇を描いてこなかった酒枝先生が、なにをもってこの結末を選択し、なにをもってこれで売れると考えているのか、わたしには分からない。

とにかく、これでいよいよ原稿は最終稿に近づきつつあった。

「尻込みなんてせずに、突撃して本人に突っ込んで問いただすべきかな……。けど、今は雑誌の読者プレゼントの手配もしとかなきゃ。ああ、デザイン会社さんにも連絡を……」

その日も家に帰ったのは午後十一時過ぎだった。風呂に入ると半ばやけくそ気味に石けんを泡立て、一日の諸々をごっそりと洗い流した。

風呂から上がって髪を乾かすとソファに座り、改めてクライマックス最中の一文を読んだ。

『小野田の眼下には海原が泡となった白い腕を広げている。彼は目眩《めまい》に襲われた。幼い頃、あの七歳の春の海がそのままそこに再現されていた。

「きれい」少女は青ざめた唇でつぶやき、岩肌に立った。青あざやタバコによる火傷痕《やけどあと》、拙《つたな》いながら小野田が宿で切りそろえてやった髪がなよやかに揺れた。

小野田は七歳の自分の記憶に引っ張られるように、少女の背を押した。』


自分の担当作だという点を抜きにしても、この原稿、とくにラストシーンにはなにか悲《ひ》壮《そう》な雰囲気がまとわりついていた。悲壮だろうと悲惨《ひさん》だろうと、そこに作家のエネルギーが込められているのならいい。いや、意図すらしておらず、結果的にそのようなものが宿っていれば、担当としてはそれでもいい。

けれどそこにあるのはエネルギーではなく、空洞《くうどう》だった。

そのことにわたしの胸はチクリと痛んだ。理由の分からない涙がにじんだ。

ここに込められた作者の思いとはなんだろう。

子供の頃、国語の授業で何度となく問いかけられた質問が浮かんでくる。

ともかく今は、ここに無事原稿があるということを前向きに捉《とら》え、これを最高の書籍にするしかない。担当にとって原稿は宝だ。紛失だけはしないように明日も両手でがっちりホールドして出勤しよう。

けれど翌日、原稿どころではないものが紛失してしまった。

＊

「酒枝先生が行方不明⁉」

その報《しら》せを受けたのは、午後一時過ぎだった。電話の相手は都子《みやこ》さんで、わたしは編集部にて、ゆうべ自分で握っておいたおむすびを頬張っていたところだった。

わたしの声に部内の何人かが顔を上げた。慌てて声をひそめて尋ねる。

「い、い、いったいどういうことなんですか？」

『あの……二日前から主人が家に戻らないんです……。電話をかけてもつながらなくって……。ちょうど百万《ももよろず》書房さんの原稿を書いておりましたし、それでわたし、主人はそちらにお邪魔しているんじゃないかと思ったんです……』

彼女はそう言ったが、先生は来ていない。もし訪ねてきていればまず担当のわたしに連絡が入るはずだ。そのように伝えると都子さんは深いため息をついた。

「ご旅行……とかではないんですか？」

『それが、どこかへ行くようなことは言ってませんでしたし、旅行カバンも置いたままなんです。書き置きもなくって……。こんなこと、今まで一度だってなかったのに……二日もいったいどこへ……』

「二日前……」

逆算すると、ちょうど先生が編集部宛に原稿を送ったあたりだ。

都子さんの話では、先生は姿を消す前の晩まで書斎で仕事をしていたらしい。

『遅くまで電気がついていました……。それでも翌朝、いつもより早い時間に起きてきて、郵便局に行ってくると言って……』

「原稿を郵送しに行ったんですね」

『ええ、そうだと思います。それで、それきり――』

戻ってきていない。

電話口でコジローが不安げに鼻を鳴らすのが聞こえた。電話の近くにいるらしい。

「いつもと変わった様子はありませんでしたか？　ひどく思い悩んでいるようだったとか」

『さあ……、こうなると分かっていれば、もう少しちゃんと主人の顔を見ておいたんですけど……』

「警察には？」と問うと、都子さんは『とんでもない！』と即座に答えた。

『息子や娘ならまだしもあの人は大人ですし、数日家を空けたくらいですぐに警察沙汰《ざた》というのは、ちょっと……』

「気持ちは分からないでもないですが、なにかあってからじゃ遅いですよ」

『そ……その、主人は一応作家でしょう？　それが警察のご厄介《やっかい》になったりすると色々と……立場もありますし』

どうもそれが都子さんの本音であるらしかった。けれどわたしには一概《いちがい》にそのことを批難することもできなかった。息子の悟《さとる》くんは今年受験で大事な時期だ。早とちりで騒ぎになって、世間や近所から好奇の目で見られることを避けたいと考えるのも無理はない。

『一応、お付き合いのあった他の出版社さんにも主人がうかがっていないか、それとなく確認してみようと思うんです』

「そうですね、まずは心当たりをひとつずつ当たってみるのがいいと思います。わたしのほうでも先生を探してみます。なにか分かったらご自宅に連絡さし上げますので」

電話を切り、わたしは机に向かい合った姿勢で数秒考えた。いったい先生はどこへ行ってしまったのだろう。原稿を書き終えた直後に姿を消したということは、仕事の息抜きにひとりで温泉巡《めぐ》りにでも出かけたのだろうか。

けれど都子さんが言うには、過去にこんなことはなかったという。となると、なにか事件に巻き込まれた可能性も考えられる。そうなればいよいよ警察の出番だ。

「だけど……ただじっと待ってるなんて無理！」

まず携帯から先生に電話をかけてみた。けれど都子さんの言った通り、応答はなかった。

『この電話は電波の届かない場所にあるか、電源が入っていないため――』

何度かけても結果は同じだった。

わたしは決意を固めてカバンを手に椅子から立ち上がった。それなら直接探しに出るしかない。本当は千豊さんに相談したかったけれど、彼女は打ち合わせで午前中から外に出ている。

「平摘、ちょっと出てきます！」

ホワイトボードに打ち合わせと記し、編集長に声をかけて編集部を横切る。

「あ！　しまった！」

そのときになって、今日はこれから鎌倉に出向いて御陵先生のところへうかがう予定になっていたことを思い出した。作品についての打ち合わせは現状なにもできないので、せめて筆の重い先生に発破《はっぱ》をかけようと。

もちろん事前に電話で強引に約束も取り付けてあった。けれどこんな状況ではそれも変更するしかない。

わたしはエレベーターを待ちながら御陵先生の家に電話をかけた。素直に出てくれるかどうかは半々というところだったけれど、しつこく待っているとやがて「はいはい」と言って先生が電話口に出た。そのときは思わず耳をそばだてたくなるような女性声だった。今は女性の時間なのだろう。

「先生、平摘ですが……」

『やっぱりあなたでしたか。そんな気がしました。いつもより電話の鳴りかたがやかましいというか、独特の品のなさが』

「そういった話は今度にしてくださいっ」

『まあいいでしょう。それで何用ですか？　約束の時刻にはまだはやいですよ』

「そのことなんですけど、本当にすみません！　今日はどうしてもそちらに行けなくなりました！」

『なにかあったのですか？』

「いえ、ちょっとしたことで……」

『あなたはちょっとしたことでわたしとの約束をなしにするのですか？』

「うっ……」

『どうも様子が変ですね』

さすがに鋭《するど》い。わたしは思わず酒枝先生のことを話してしまいそうになった。打ち明けて、すっきりしてしまいたかった。けれどそれはできない。わたしは、したくない。

「いえ、ご心配なく。　どうしても今日中に片付けなければいけない仕事が降って湧いてしまいました！　すみません！　とにかく先生は気にせず原稿と向き合っていてください。わたしがいないからと言って散歩や釣りに出かけちゃだめですからね。では失礼します」

自分でもよくできたと思えるくらいによどみなくそう伝えて電話を切った。

急ぎエレベーターに乗り込む。

酒枝先生宅の最寄り駅に降り立つと、わたしはまず改札前で掃き掃除をしていた初老の駅員さんに声をかけた。

「え？　酒枝先生？　ああ、この近所に住んでるっていう作家の人か」

思った通り、長く作家として活動しているだけあって近所では知られているようで、駅員さんも先生のことを認識していた。

「二日前の朝、改札を通ったりはしませんでしたか？」

「さあねえ……、今はこの駅に限らずご覧の通りどこも自動改札だし、誰が利用したかまでは見てないなあ」

「そうですか……」

酒枝先生は車を所持していない。どこかへ行く場合、最寄り駅から電車に乗る可能性が一番高そうに思えた。もしかしたら駅員さんがその姿を見ているかもしれないと思ったのだけれど、考えが甘かった。社会派ミステリや鉄道ミステリを読みすぎてしまった弊害《へいがい》だろうか。とにかく、いつまでも改札の前に立ちすくんでいるわけにもいかない。

そう思ったとき、駅の前の道をこちらに向かって走ってくる人影を見た。

「平摘さん！」

「……悟くん？」

彼はわたしの前までやってくると肩で息をしながら言った。

「さっき学校から戻って……母さんから……聞いて……。親父を探してるって……」

「それで悟くんもお父さんを探し回ってたの？」

「いや、俺が探してたのは平摘さんだよ」

「わたし？」

彼はしばしの間なにも言わず、その場で息を整えていたが、やがてわたしに紙切れを手渡してきた。

「悟くん……これって」

「親父の……書き置き」

「え⁉　でも書き置きは残されてなかったって……」

「あったんだ……。あの日の朝、母さんが台所に降りてくる前に、俺が見つけた。俺、最近よく早起きして勉強してるんだけど、喉が渇《かわ》いて飲み物を取りに行ってみたらテーブルの上にそれがあった。読んでみて」

急いで四つ折りにされた紙を開いてみると、中には手書きでこう書かれてあった。


『次は大ヒットさせるから』


それだけだった。他にはなにも書かれていない。わたしは幾分拍子抜けし、同時にほっとした。ひとまず遺書には見えない。

「お母さんには見せなかったの？」

問いかけると、彼はバツが悪そうに頭をかいた。

「最初は書き置きだなんて思わなかったんだ。負け惜しみっていうか……自分の目標をこれ見よがしに書いて、それで俺たちに読ませようとしたんだろうって思っただけで……。母さんは親父の作家としての収入のことでよく文句を言ってたから」

「ああ……」

以前垣間《かいま》みた田辺家の情景が思い出された。

悟くんは何度かためらう素振《そぶ》りを見せたあと、多少つっかえながらわたしにこう打ち明けた。

「母さんはよその人には絶対言わないし、俺にも言うなって言ってるけど、家《うち》、けっこう……その、借金があるんだ」

わたしはなにも言えなかった。こんなことまで聞いてしまっていいのだろうか。少し心苦しくもある。

「それでここ数年は母さんもパートに出るようになった。母さん、それまでずっと専業主婦で働きに出たことなんてなかったから、余計に不満もたまっていったみたいでさ……それでちょっとした家庭の危機ってヤツ」

その上、東西《とうざい》出版から予定されていた新刊の発売中止。それは酒枝先生にとって弱り目に祟《たた》り目だったのだ。

「こういうの、火の車って言うんだろ？」

悟くんはぎこちなく笑った。笑うしかないじゃないか、というように。

「だから俺、親父は強がりでそんなことを書いたんだと思ったんだ。次は大ヒットさせるなんて、夢みたいなこと」

夢——。大ヒットは、夢なのだろうか。悟くんの肌感覚では、そうなのだろう。

そのときホームに電車が滑り込んできて、少なくない人数が下車してきた。わたしたちは改札前から移動して駅のベンチに腰を落ち着けた。

「俺、なんか恥ずかしくなってさ、こんなの母さんに見せられないって思って、隠してたんだ。だけど、その日から親父が戻らなくなって……それでもしかしてこの書き置きと関係があるんじゃないかと思って——」

「わたしに見せに来てくれたんだね」

「……うん」

「お父さんのこと、心配なんだね」

わたしは悟くんの手を取った。彼はびっくりしたような顔をしてその手をぶっきらぼうに振り払った。

「だけど恥ずかしいなんて言わないで。きっと先生……お父さんはあなたたち家族のことを思ってこんなことを書いたんだと思う」

きっとそんなことはわたしに言われるまでもなく分かっていたと思う。それでもわたしは彼に言わずにはいられなかった。

「先生は、自分の本が長く売れてないことで家族に苦しい生活をさせていたことを、本当に気に病んでいたはずよ」

悟くんは数秒間、父親の残した言葉に視線を落としていたが、やがて小さく「うん」とうなずいた。

「ねえ……だけど、これってどういう意味なのかな？　次は大ヒットさせるって、やっぱりこないだまで親父が書いてた小説のことだよね？」

「うーん」

意味深だけれど、現状はそれ以外には考えられない。

「でも本をヒットさせることと親父がいきなり消えることと、いったいどういう関係があるっていうんだ。そもそも予告通りにヒットさせることができるなら誰も苦労なんてしないよね」

同意を求められたけれど、編集者という立場上その通りとは言い難い。それこそ編集者はヒットさせる方法を日夜考えている。もしかするとなにか方法があるのかもしれない。

「大ヒット……」

酒枝先生はヒットではなく大ヒットと書いている。大ヒットというと、近頃の感覚から言っても数十万部は下らない部数だろう。それだけ売るにはまず大前提として世間に広く認知してもらわなければならない。

ここで言う世間というのは、普段本を読まない人たちのことだ。

「世間の注目を一気に集める……話題になるには……」

やがて、わたしと悟くんは同時にその答えにたどり着いた。お互いに顔を見合わせ、同時に声をあげる。

「ニュースになるようなことをする！」

物騒《ぶっそう》な発言に、近くの自販機でジュースを買おうとしていた女子高生が目を丸くしていた。

「まさか親父……なにか事件を起こして新聞やニュース番組に報道させる気じゃ……。強盗とか殺人……とかさ」

強盗という物騒な言葉にわたしの胸は鼓動を速めた。自分が七歳の頃に巻き込まれた事件のことと関連づけるつもりはなかったけれど、否応なしにあのときのことが脳裏によみがえった。行き場をなくし、食べて行くお金も失い、犯罪に手を染めた外貝頼人の、あの危うい目がよみがえった。

だけど彼と酒枝先生は別人だ。まったくの無関係だ。

「さ、酒枝先生に限ってそれはないと思う！　それにそんな方法で話題になっても出版社側は間違いなく発行を自粛《じしゆく》する。そうせざるを得ない。もし無理に発売しても、確実にあなたたち家族が世間からバッシングされちゃう。だから、先生がそんな選択をするはずない」

「それじゃ他にいったいなにが……」

悟くんは爪を噛みながら考え込んでいたが、ふとわたしの表情の変化に気づいて顔を上げた。

「なに？　もしかして分かったの？」

「……うん。たぶん」

思いついた答えを口にすることは若干ためらわれたけれど、わたしは彼に聞かせることにした。

「もしかすると先生は……自分で命を絶とうとしているのかもしれない」

「そ、それって……自殺ってこと!?」

それは消去法で考えた結果の答えだった。

売れ行きが伸び悩み、生活を苦にしていた作家が新作発売前に自殺。

そんなことになれば、どうしたって世間の人は命を絶った作家に同情してしまうだろう。そして必然的にそんな作家の遺作を読んでみたいと思うようになるだろう。

ましてや自分がその本を買うことで、遺《のこ》された家族に印税が支払われるとなれば、なおさら進んで買ってしまうかもしれない。

まるで、寄付をするような感覚で。

「なんだよう……」

悟くんはベンチに座ったままうずくまるように前のめりになった。男の子にしては少し長い髪に、その表情が隠れる。

「親父……なに考えてんだよ……。そんなんで本が売れたって……俺嬉しくないよ……」

それは腹の奥底から絞《しぼ》り出すような声だった。そこには蔑《さげす》みや、憎しみや、愛情がないまぜになっている。喜怒哀楽に分類できない感情をわたしは見た。

確証はなかったけれど、先生の意図はなんとなく見えてきた。けれど、結局どこへ行ったのかということについては手がかりすらなかった。

「いったいどうしたら……」

「ちょっといいですか?」

そこへ思わぬ情報がもたらされた。

「酒枝先生なら、ぼく見ましたよ」

そう言って話に入ってきたのは、まだ若い新人の駅員さんだった。

「すみません。今高田《たかだ》さんからちょっと話を聞きまして」

そう言って彼は最初に声をかけた初老の駅員さんのほうを見た。

「その話、本当ですか⁉」

「はい。あの日の朝、そこの公園のベンチにしばらく座ってる姿を見かけました。十分か、二十分か、それくらいです。なにをするでもなく、なんだかぼんやりしてるって感じで、それで印象に残ってたんです」

駅員さんの指差した先は、この前悟くんが座っていたベンチだった。

「それで、そのあと先生は……」

「急に立ち上がったかと思うと、切符を買って改札を通っていきましたよ。いい天気ですねって挨拶してくれたんで、ぼくも言葉を返しました」

「どっち方面の電車に乗りました？」

「東京駅のほうだったかな」

「東京駅……。それって、もしかして……」

決定的な情報とは言えなかったけれど、そのことからわたしの中にある考えが浮かんだ。

それは小さな光だったけれど、現状最も手を伸ばしてみる価値のある光だった。

お礼を言うと駅員さんたちは会釈《えしゃく》して自分の仕事に戻っていった。

どんな思いから、どこへ行き、先生はそこでなにをしているのか。なにをするつもりなのか――。

「平摘さん……？　どうしたんだよ。なにか分かったの？」

わたしは困惑している悟くんの声を受けながら、自分の足下を見つめていた。

「わたしも……わたしだって嬉しくない。それでたとえ百万部売れたとしても、ちっとも嬉しくない」

「え……？　ああ、さっきの話か」

それからわたしは手の平で両膝を強く叩き、勢いをつけてベンチから立ち上がった。

「わっ！　なんだよ急に」

「わたし、先生を止めてくる」

「止めるって……もしかして親父の行き先が」

「たぶん、分かった。ひとつだけ心当たりがある」

さっきまでのわたしには、そのことに思い当たりもしなかった。けれど先生が自殺しようと考えているかもしれないと気づいたとき、そして東京駅のほうへと向かったと聞いたとき、わたしの中であることがつながった。先生との話し合いの中に、いや、原稿の中に伏線は張られていたんだ。

「それなら俺も……！」

「きみはお母さんのそばにいてあげて」

わたしは遅れて立ち上がった悟くんの肩に手をおいた。

「だけど……」

「それにわたしの心当たりだって確実じゃないから。大外《おおはず》れってこともある」

それこそ、蜘蛛《くも》の糸みたいに細い手がかりだ。それに先生が姿を消してから二日。もしかしたらすでになにもかもが手遅れということもあり得る。だけど今はこの糸をたどっていくしかない。

「……分かった」

渋々《しぶしぶ》うなずいた彼を残し、そのまま目の前の改札を通った。

ホームに降りようとしたとき、悟くんがわたしを呼び止めた。

「ねえ平摘さん！」

彼は改札横の柵《さく》から身を乗り出すような格好のまま叫んだ。

「俺……俺さあ……本当は親父の本、読んだことあるんだ！　まだガキだったからよく分からないところもあったけど、俺『天国に値する人』けっこう好きなんだ！　だから……」

彼はそこで言葉を詰まらせた。自分の気持ちを表す適切な表現が出てこなかったのだ。

わたしは大きく手を振り、彼に言った。

「わたしも好き！」

階段を降りてホームに立つ。折よく線路の向こうからこちらにやってくる電車が見えた。ふいに背中をつつかれた。振り向くと七十過ぎの上品そうな白髪のおばあさんがにこにこ笑顔で立っていた。同じ電車を待っているらしい。

「見てたわよう」

おばあさんは言った。

「いいわねえ。駅の改札で告白なんて。学生さんとの禁断の恋？」

「まったく違いますっ！」

＊

東京駅に到着するなり切符を購入し、わたしはそのまま到着してきた新幹線こだまの名古屋行に乗車した。

ひとまず席に落ち着き、電話を確認してみると千豊さんからの着信履歴が残っていた。デッキへ移動してこちらからかけ直すと一度目のコールで千豊さんが出た。

『平摘、今どこにいるの？』

声の調子ですぐに分かった。彼女はもう編集部の誰かからわたしの様子を聞いて、なにかを察している。

『明らかに様子が変だったって聞いたわよ』

酒枝先生の行方が分からないこと、書き置きが残されていたこと。そしてその内容。わたしはここまでのことをかいつまんで説明した。

「それで今は……新幹線の中です」

『新幹線？』

まるで聞いたことのない専門用語でも聞かされた人のように、彼女はそう繰り返した。

『先生の行き先が分かったってこと？　いったいどこまで行くつもりなのよ』

「確信はないんですけど……たぶん先生は静岡に向かったんだと思います」

『静岡って』

「城ヶ崎《じょうがさき》海岸《かいがん》です」

『じょう……が……なんか聞いたことあるわね。そこってちょっとした観光地じゃなかった？』

言いかたは自信なさげだったけれど、千豊さんの記憶は正しかった。

『だけど、なんでそこだって思うの？』

「原稿です」

わたしはカバンの中に入れたままの、先生の原稿を意識しながら言った。

「先生の書かれた新作の中で主人公と少女は、警察やマスコミから逃れながら最後には主人公の生まれ故郷、静岡に行き着くんです。そのラストシーンは……城ヶ崎海岸でした」

『作品とリンクするみたいに行動してるっていうの？』

「主人公の小野田は先生の分身なんです。それは先生自身が認めています。それから、この作品、ラストで主人公と少女は自ら命を絶ってしまうんです」

千豊さんが息を呑《の》んだのが分かった。

『ちょっと待って、じゃあ先生は作品になぞらえて自殺しようとしてるってこと？』

酒枝先生の本の売れ行きの現実はもちろん千豊さんもよく知っている。だからか、先生の家庭の金銭的な苦労をすぐに察してくれた。

「生前は世間に認知されず貧困に苦しんで、死後になって評価された作家って確かに多いのよね。樋口一葉《ひぐちいちよう》も、梶井基次郎《かじいもとじろう》も、宮澤賢治《みやざわけんじ》だってそうだし」

千豊さんの見解にわたしも深くうなずいた。

『つまり言いかたは悪いけど、今回の失踪《しっそう》は先生自身にできる最後にして最大のプロモーションってことか。平摘の深読みって感じもしないではないけど、現地に行って確認してみる価値はあるかもね』

「はい！」

今にして思えば、酒枝先生は今回のことを計画していたからこそ、登場人物が命を絶つという結末にこだわっていたのかもしれない。

作者として、遺作をハッピーエンドにするわけにはいかなかったのだ。


熱海《あたみ》駅に着くと、続いて一番線から伊豆急行《いずきゅうこう》線に乗り換えた。

車窓の外はオレンジ色に染まりはじめていた。左手に海を望みながら揺られることおよそ四十分、電車は城ヶ崎海岸駅に到着した。

目的の場所はここからほど近い場所にある。

駅の階段を降り、道路脇に立てられている道しるべを確認した。城ヶ崎海岸駅はログハウスのような雰囲気のある建物だったけれど、もちろんゆっくり見て回っている場合ではない。

駅を背にし、緩やかな下り坂になっている桜の並木道を走る。道沿いには軽食屋が並び、そのうちの一軒の店先では虎柄の猫がぐでんと腹を出して眠っていた。

途中で信号機のない交差点に差し掛かった。たまたまなのか、思ったよりも車通りが頻繁で、わたしはそこでしばし足止めされてしまった。

その間に電話を取り出し、改めて酒枝先生の番号にコールした。祈るような気持ちで待ったけれど、やっぱり電話に出る気配はなかった。

けれど諦《あきら》めかけた最後の最後で、電話口から酒枝先生の声が聞こえてきた。

「せ、先生！　今どこですか！」

『……何度もかけてくれていたみたいだね。原稿は無事届いたかい？』

先生はこちらの質問には答えてくれなかった。その声はどことなくいつもよりかすれているように思えた。声のうしろからはゴーゴーと強い風と波のような音が聞こえてくる。

「届きました！　しっかり読ませていただきました！　先生、海岸にいるんですね？」

『それは……』

そこではじめて先生の声が揺らいだ。当たりだ。

「先生、変なこと考えてませんよね？　まだこれからさらに原稿の直しやチェックをしていただかないといけないんですからね。それになにより悟くんの――」

話の途中で電話は切られてしまった。

これで目星はついた。やっぱり先生はわたしの思った通りの場所にいる。

けれど、わたしはその場で動けなくなった。

酒枝先生はわたしを拒《こば》んでいる。担当編集としてのラインを越えて家庭や人生の事情に踏み込もうとしているわたしを。決死の思いで書いた作品の結末を変更しようと提案したわたしを。なぜって、電話は切られてしまったのだから。

これから先生のいる場所まで行ったとして、果たしてわたしの言葉は先生に届くのだろうか。わたしなんかには、なにもできはしないのじゃないだろうか。


そこで車が途切れた。進もうと思えばいつでも進める。それなのに進めない。

呆然《ぼうぜん》としていると、握りしめていた携帯に着信があった。

思わず画面も見ずに電話に出た。

「先生……?」

『ええそうですよ。素敵な素敵先生です』

思わず膝から崩れ落ちそうになった。聞こえてきたのは御陵先生の――今度は男の――

声だった。完全なる先生違いだ。

「あ、あの……御陵先生……申し訳ないんですけど今は……」

今はこちらの事情をゆっくり説明している暇はない。さすがに焦《あせ》りが声に出てしまう。

それなのに先生はそんなことはおかまいなしに、いつもの調子で語りかけてきた。

『いえ、なにもわたしは打ち合わせの約束を直前で取り消してきた担当編集にガツンと文句を言うために電話したわけではないです。ただね、さっきの電話のあとから考えていたんですよ。猫についてです』

「ね、猫?」

『猫の様子がいつもと違うのは、なにかこちらに隠し事をしているからではないだろうかと。例えば庭に蛇《へび》の死骸《しがい》を埋めているとか、夕飯のおかずを勝手に食べてしまったとか』

「なんの話ですか……」

『猫の話ですよ。でもね、それがどんな秘密かなんて正直なところわたしにはどーでもよろしいんです。問題なのは、隠し事なんてとてもできそうもない不器用な野良猫が、一丁前にこのわたしに嘘をつこうとしていることです。これは非常に腹立たしいことです。そのことを考えていたのです』

「はあ……」

家に住み着いているあの猫となにかあったのだろうか。

『ご存知でしょうが、十六年前の七月、わたしの兄はとある少女を人質に立てこもり事件を起こしました。兄は手にピストルを持っていたそうです』

「先生、急になにを」

なぜ今その話をはじめたのかまるで分からない。そもそもその少女とはわたしのことだし、今更聞かされるまでもないことなのに。それでも先生は滔々《とうとう》と話した。

『わたしは何年もずっと、あのとき人質にされた少女のことを考えていました。深く、長く。解放されたあの子はあれからどうなっただろう。事件のことを覚えているだろうか。覚えているとしたらどんな風に育っただろう。恐ろしい体験を引きずって下を向いて生きているだろうか。兄の歪《いびつ》な心に当てられて、苦しみながら生きているだろうか。ああ、もしもそんなことになっていたら、それはきっと兄の最後の呪いだ。それは——なんて理不尽なんだろう』

目の前の道路には再び車が行き交《か》いはじめていた。

『わたしは考えました。弟としてわたしになにかできることはないだろうか。少女に会いに行く？　とんでもない。どの面《つら》を下げて会い、なにを語るつもりだ。そうだ、それなら物語を書こう。兄ほど上手には書けないかもしれないけれど、自分にできることといったらそれくらいのものだ。だから精一杯書こう。不特定多数の読者のことを思いながら書くことなんてわたしにはできそうもないけれど、あの少女のために書くことならできるかもしれない。本になるかどうか分からない、あの子の目にとまるかどうかも分からない。それでも、書いてみよう。世界の理不尽からあの子を逃がしてやれるような物語を』

思いもかけない先生のひとり語りに、わたしは大いにうろたえた。

「ちょ、ちょ、ちょっと待ってください！　それが本当なら……先生は昔、わたしのために作品を……？」

『まったく、どうしてわたしがこんなデリケートな思い出話を栞さんに聞かせなければならないんですか！』

「どうしてって、先生が勝手に！　あの……ちなみにその作品のタイトルってもしかして……」

『ちなまなくてよろしい。今私が言いたいのは、わたしにそこまでさせたあの少女が。かつての事件の影などちっとも感じさせないほど活力一杯に成長したあの少女が、今はなんだかわたしにはよく分からないことでうろたえ、柄にもなく深刻になっている。それが非常に面白くないということです』

「またそんな勝手な……」

『はじめてわたしの家を訪ねてきたときの、あの無謀《むぼう》さと無尽蔵《むじんぞう》の元気はどこへ行きましたか。そちらでなにがあったのかは知りませんが、わたしの担当編集ならしゃんとしてください。以上』

それきり通話はぷつりと途切れた。すねた子供が電話線ごと引っこ抜いたような、実に御陵先生らしい切りっぷりだった。

そのときになってわたしは、先生のほうから電話がかかってきたのはこれがはじめてだったということに気づいた。

「しゃんとしろ……しゃんと……」

顔を上げ、脚を動かした。

「御陵先生……ありがとうございます！」

道路を渡り、海の方向めがけてもう一度走り出した。

のんびりと歩きながら駅へと戻ってくる観光客らしき団体や、作業車のリフトの上で電話工事をしていた男性が、駆け抜けていくわたしを不思議そうに振り返っていた。

駐車場入り口を越えると、涼しげな林の中に入った。前方に白くのっぽな塔が、そしてその手前に売店が見えた。

息を切らして店の前で一度立ち止まる。平日だからなのか、あたりに観光客はまばらだった。休憩用のベンチにカップルが座っている。彼らは完全にふたりだけの世界に浸《ひた》っていた。

わたしは周囲を見渡して戸惑った。今更だけれど、ここに来たのはこれがはじめてで、どこになにがあり、どれくらいの広さなのか見当もつかなかった。

迷いながらわたしが向かったのは、目の前にそびえる灯台だった。

入り口専用と書かれた狭い階段を登り、一番上に出た。そこは門脇《かどわき》灯台という名前らしく、地上からは二十メートル以上の高さがあった。そこからなら海岸全体が見渡せた。

眼前に水平線が広がり、空は西からの黄昏《たそがれ》によって繊細に染められている。そしてまさしく断崖絶壁《だんがいぜっぺき》と呼ぶに相応《ふさわ》しい海岸と、そこに当たっては高く高く跳ね上がる白波があった。それは息を呑むような光景だった。

「どこですか！　せんせー！」

浸る暇もなく、パノラマになった灯台の中をぐるりと一周して酒枝先生の姿を探す。ここまで走ってきたことに加えて、窓の開放が禁止されているために灯台の中はかなり蒸し暑く感じた。喉元の汗を手で拭《ぬぐ》い、目を細める。

「負けるもんかー！」

くじけそうになる心に喝を入れ、気合いを入れ直す。目を血眼《ちまなこ》にし、皿のようにし、海岸全体を見渡した。

そして――。

「いたー！」

観光客やハイキング目的の人が寄り付かないような場所で、ひとり座り込んでいる人物を見つけた。

「酒枝先生！」

かなり距離があってその人影は小さかったが、間違いなさそうだった。

螺旋《らせん》階段を駆け下り、灯台を出て左に進んだ。

「ええっ⁉」

しかし進んだ先でわたしは絶望の声を上げることとなった。

目の前に立ちはだかったのは、断崖に渡された吊り橋だった。下は荒れくるう海。左右にあるのは手すり代わりのワイヤーのみ。そして吊り橋は何十メートルも続いている。

「これを渡るんですかー⁉」

独り言なのに思わず敬語になってしまった。あるいは神様めいた存在に確認したつもりだったのかもしれない。

高所恐怖症、とまで大げさに言うつもりはない。東京の高層ビルや、さっきの灯台のように建物の中なら、もちろん気持ちはよくないけれどまだ耐えられる。だけど強風に揺れる吊り橋となると話は別だ。

どこかのテレビ局のクルーだろうか、吊り橋の手前では三、四人の男性がカメラやマイクの準備をしていた。そして縮こまるわたしの横を、観光に来たらしいご老人方がしっかりとした足取りで渡っていった。

「い、いつまでも怖がってちゃダメだ！」

わたしは立ち上がり、ピシャリと頬を叩き、橋を渡った。

向こう側まで渡り切ったとき、あれだけかいていた汗は海風と恐怖ですっかりどこかへ消え失せていた。

「やった！　千豊さん！　平摘はやり遂げましたよ！」

思わず海に向かって叫んだけれど、よく考えたら別になにもやり遂げてなどいなかった。

海へ向かって曲がりくねった細い階段を下りると、すぐに険しい岩肌が眼前に広がった。濃い焦げ茶色の岩々の隙間《すきま》に黄色い花が咲いていて、小さく風に揺れていた。あとになってそれはイソギクと言う花だと知った。

それら岩々と花の向こうに、酒枝先生は立っていた。こちらに背を向けて海のほうを見ている。

「先生！」

岩に足を取られながらも、海風に負けないように必死で声をかけた。少しの間のあと、先生はゆっくりこちらを振り向いた。

「やあ、平摘さ……」

「早まっちゃいけません！」

わたしは駆け寄った勢いのまま、その体にタックルした。先生は短いうめき声を上げ、うしろに倒れた。倒れた拍子に先生もわたしも岩で頭を打った。

「い……いきなりなにを……！」

「原稿もいよいよ大詰めで……出版も控えてて……まだこれからじゃないですかっ！　死んで話題を作ろうなんて、そんなこと担当としてうちが許しませんよ！」

わたしは先生のシャツの首元を掴んで揺すりながら、全力で説得にかかった。

けれど先生はわたしの腕にタップをしてこう言った。

「ちょ、ちょっと待ちなさい……！　ぼ、ぼくは死ぬ気なんてないよ！」

「しかもこんな荒れくるう波間に身を投げようなんてこと……」

「だから死なないって！」

「え……？　ほ、本当ですか？　死なない？　生きる？」

「ああ、生きる。生きます。ゲホ……だからこの手を離してくれ」

「だってさっきなんだか悲壮な声で……電話も途中で切っちゃうし！」

「潮風で喉がガラついてただけだよ。電話はちょうど充電が切れてしまっただけだ」

先生はずれたメガネを直しながら再度咳《せ》き込んだ。彼の言葉にわたしはすっかり拍子抜《ひょうしぬ》けしてしまった。手を離し、畳数枚分はあろうかという大きな一枚岩の上に座り込む。

「でも……それじゃどうして家族に黙って二日も家を空けたりしたんですか？」

そう問うと先生は複雑そうな顔を見せて頭を押さえた。さっき打ったところが遅れて痛み出したのかもしれない。そう言えばわたしも痛い。

「えっと……とっさに死なない……とは言ったけど、実は平摘さんの考えは完全には間違いじゃないんだ……」

「それじゃやっぱり……！」

「ああ、そもそも最初はそのつもりで置き手紙を残して家を出た」

「命と引き換えに……ご自身の最後の作品をヒットさせたかったんですね」

「……そこまでバレていたか」

わたしの言葉に先生は声も出さずうなずいた。

「家のローンはまだたっぷりあるし、借金だって決して少なくない。悟は今年高校受験で、その学費のこともある。それなのに新刊の話は消えてしまった。このままじゃコジローだってとてもじゃないが飼っていられなくなる。だから、ぼくは次の作品をヒットさせなきゃならなかった。なにをしても、命を捨ててでも自分の本を世間に知らしめたかった」

先生は立ち上がり、両手を広げて叫んだ。

「みんな！　ここにあるぞ！　ぼくの最後の作品はここにある！　知って、読んでさえくれれば面白さが分かってもらえるはずだ！　気づいてくれ！」

穏《おだ》やかな性格の先生らしからぬ行動にわたしは驚いた。

「そんなふうに思ったんだけどね……」

そう遠くないところにある岩肌に押し寄せた波が強く当たって、十メートル近くもしぶきが上がった。風に乗って霧状の水がわたしのところまで届いた。

周囲を見渡しながら先生は言った。

「この場所はね、ぼくと家族の思い出の場所なんだ。一番、眩《まぶ》しくて幸せな場所だったんだ」

「……昔来たことがあるんですね？」

「悟がまだよちよち歩きの頃さ。当時はぼくも作家として調子がよかったし、妻との関係も良好で、現状に不満もなく、未来に不安もなかった」

「思い出の場所……。それで……今回のラストシーンにこの場所を」

「だけど、ここへ来て海を眺め、昔のことを思い出すにつれ、死んでやるという当初の気持ちは失せていった……。要するに怖くなったのさ。かといっておめおめと家に戻る気にもなれず、近くの民宿に泊まって、毎日ここに通っては、迷いながらぼうっと海鳴りを聞いていた……」

「先生、帰りましょう」

わたしは立ち上がり、お尻の砂を払い落とした。

「きっと最初の日に死に切れなかった時点で、答えはもう出ていたんですよ。わたしなんかが慌てて駆けつけなくても、きっと先生はご自分で答えを出して家族のところに戻ったと思います」

「どうだろうね……。けど、今更どんな顔をして家に戻れる……？」

「戻らなきゃダメです！　そのままの顔で、情けなくても戻るんです！　確かに世の中は不公平や理不尽で溢れているかもしれないけど……だからってただそれに飲み込まれて終わりを迎えるなんてダメです！」

「平摘さん……」

「世界には色んなことに打ちひしがれて出口を見失った人がたくさんいます。そんな中で理不尽さに対抗する術を求めてすがるように本を手に取る人も中にはいるんです！　ずっと昔のことだけどわたし……うちはそういう人を知っています！」

あの、七歳の夏の一日がまばたきをするたびにわたしのまぶたの裏に蘇《よみがえ》った。

「先生は作家でしょう！　作家が世の中の理不尽と戦わないで誰が戦うっていうんですか！」

わたしはカバンの中から茶色い封筒を取り出してみせた。中には先生の原稿が入っている。

「先生、原稿を拝見しました。直しの箇所もおおむね問題なく、物語の流れがスムーズになってきたと思います。プロットに込められていた思いもさらに反映されていましたし、なによりあの段階で期待していた話の勢いがちゃんと宿っていました。だけどまだ足りないところもあると思います。小野田の独白が濃厚な分、少女の存在感がまだ希薄《きはく》で、せっかくのラストが流れ気味になってしまっています」

突然はじまった打ち合わせに、酒枝先生は目を丸くしていた。それでもわたしは構わず続けた。

「今はほとんど地の文章が先回りして人物の気持ちを代弁してしまっていますけど、少女にもっとしゃべらせてあげてもいいんじゃないでしょうか。なにかの象徴として描こうと意識しすぎるよりも、もっと生身の、当たり前の女の子として描かれてもいいとわたしは思います」

「平摘さん……」

「というわけですので、さあ先生、早く戻って原稿の直しをしましょう。もっと磨き上げていけば、きっといい作品になります。いい作品は、売れるはずです!」

担当編集の言葉に意表をつかれたようで、数秒の間先生はぽかんとした顔をしていたが、やがて小さく噴き出した。

「まったく……素敵な笑顔で、さらっと作家を酷使《こくし》するようなことを言うね。きみも編集の顔になってきたなあ」

先生はメガネを外し、わたしに背を向けて海のほうを見た。潮風が染みたのか、腕で目元を拭っている。それまで岩の隙間でいい風が訪れるのをじっと待っていた鳥が、翼を広げて勢いよく飛び出すのが見えた。

「そんなに具体的に修正点を指摘されちゃ、作家としては受けて立たないわけにはいかないじゃないか」

鳥は、無事風を捕まえることに成功した。

*

「え？　ぼくの書斎にある本がどうしても必要？」

「そうなんです。『港崎遊郭台帳《みよざきゆうかくだいちょう》』という本なんですが……。御陵先生がどうしてもと」

　無事先生を確保した安心感から、岩場を背にして階段を上る途中でわたしは酒枝先生に『港崎遊郭台帳』のことを相談した。そのことを聞くと酒枝先生はとても意外そうな顔をした。

「御陵って、あの御陵或先生のことかい？　伝説の寡作《かさく》の作家の？」

「はい」

「ひ、平摘さん、御陵或の担当だったのかい⁉　徹底した人嫌いで、メディアはおろか編集部やどこの謝恩会、新年会にも顔を出さないあの御陵先生の⁉」

「そ、そこまで驚かれると……。まあ担当だというのは間違いないですが」

「いや、驚いたな……。不思議なエネルギーのある子だとは思ってたけど、御陵或のお気に入りだったんだね」

「別に気に入られてはいないと思います。だってアイスくれないし」

「アイス？　とにかく担当として認めて、通うことを許してるんだろう？　充分気に入られているよ。しかし彼が『港崎遊郭台帳』をねえ」

「是《ぜ》が非《ひ》にでも資料として必要だと仰《おっしゃ》ってまして。それで、どうでしょう……？」

恐る恐る尋ねてみると、酒枝先生は拍子抜けするほどあっさりとうなずいた。

「いいよ。譲ろう」

「ええっ？　いいんですか？　少しの間貸していただけるだけでもよかったんですが」

「構わないよ。今日のことのお礼とでも思って受け取ってください。それにあれは昔町の古本屋で偶然見つけて、安値でなんとなく買っただけの物だ。そういう事情なら、必要としている人の手元にあるほうがいい。そのほうが本にとっても幸せだろう」

「ありがとうございます！」

話をするうちに再び吊り橋に差し掛かった。一度目ほどではないにせよ、やっぱり怖かった。

吊り橋の向こう側にはさっき準備をしていたテレビクルーの人たちがいて、今はもう撮影がはじまっていた。アナウンサーらしき女性が観光客にインタビューをしている。生放送だろうか。

普段ならテレビ撮影の現場に、意味もなくテンションが上がるところだけれど、今はそれどころではない。

へっぴり腰のわたしを見て先生はおかしそうに笑っていた。

「あのー、すみませんが写真を撮っていただけませんか？」

そんなわたしにカメラを持った若い女性が近づいてきた。うしろに旦那さんらしき人と三歳くらいの男の子が控えている。家族連れだ。男の子はかなりやんちゃそうで、吊り橋の上で飛び跳ねようとするのを旦那さんが手をつないで制していた。

「ひぃぃ……記念撮影ですかあ？　今ですかあ？　分かりましたあ……」

「そんな状態でも引き受けるんだね。きみのお人好しにはある意味感服《かんぷく》するよ」

先生は真面目に感心していたけれど、代わりにぼくが撮ろうかとは言ってくれなかった。

もしかしてわたし、さっきの原稿へのダメ出しに対する仕返しをされてる？

「そ、それじゃ二枚撮りますよー」

カメラを覗《のぞ》き込む。

夫婦がピースサインを出す。

その瞬間、子供が旦那さんの手を放すのが見えた。そこへ、右手のえぐれた崖《がけ》に跳ね返ってきた突風が吹き付けた。

男の子が風に押され、大きくよろける。

「危ないっ!」

ファインダー越しに全体を見ていたために、わたしがいち早くそのことに気づいた。

男の子の足が吊り橋の床から外れ、左側のワイヤーの隙間に入った。

橋の両脇には十センチ間隔で張られた細いワイヤーが走っている。大人ならたとえ足を踏み外したとしても海に落ちてしまうようなことは考えられない。けれど、それが三歳くらいの子供となると、ちょっと分からない。というか、とっさにそこまで判断している余裕なんてなかった。

わたしは駆け出して男の子に手を伸ばした。

女性の悲鳴が聞こえ、続いて酒枝先生の声が聞こえた。

「平摘さん!」

小さな手を摑んだ瞬間、わたしの体も強く下に引っ張られた。子供とはいえ、摑んだ手に想像以上の重さを感じた。肩が抜けそうだ。

あ、まずい。

これはいけない。

こんな結末はよくない。ぜひプロットの見直しを——。

＊

東京都千代田区神田神保町に少し肌寒い風が吹く。ニュースでは連日各地の紅葉の様子と、政治家の不倫問題が報じられていた。

けれど世間がどうあれ、百万書房編集部の内情に大きな変化はなく、皆粛々《しゆくしゆく》と日々の仕事と向き合っていた。

「よっ、ファイト一発編集！」

出社するなり、デスクの向こうの巳波田さんにそんなことを言われた。

「それやめてくださいってば」

椅子に座り、一晩のうちに届いた仕事のメールをチェックしていく。編集の朝はまずそこからはじまる。

「昨日もどこだかのバラエティ番組で取り上げられてたよ。すっかり有名人じゃない」

「それがいやなんです。だって恥ずかしいじゃないですか。あんなグダグダな状態を全国にさらされちゃうなんて」

「吊り橋から転落しかけた子供を救ったわけだから、胸張ってればいいのに」

なんと、あの吊り橋で子供を助けたとき、その一部始終がテレビカメラに収められていたのだ。撮影したのは偶然あの場で生放送の撮影をしていたキー局のテレビカメラで、わたしだけでなく一緒にいた酒枝先生も一緒に全国放送されてしまった。

結果的には男の子もわたしも無事だったのだが、今思い出しても震《ふる》えがくる。それからパニック状態のままその場でインタビューされたわたしは、あとから考えても我ながら実に頓珍漢《とんちんかん》な受け答えをしてしまい、その模様も生放送の電波に乗った。

さらに映像はネット上にもアップされ、そこから他のびっくり映像系のバラエティ番組でも同じ映像が流されてしまった。

「番組じゃおもしろおかしく紹介されてましたけど、正直なところわたしはあのとき一瞬死を覚悟しました。まあでも、あの子が無事だったから、いいです」

ちなみに一連の番組に紹介されたのはなにもわたしのことだけではなかった。吊り橋に居合わせた酒枝先生のほうにもスポットが当たったのだ。

一部ワイドショーでは若い頃に新人賞を取り、長年執筆を続けている作家として先生のことが取り上げられ、過去の著作も紹介されていた。

そこで千豊さんが話題に加わってきた。

「おかげで昔百万書房《うち》から出してた先生の過去本、じわじわ売れてるって営業部から報告があったんでしょ?」

「はい。それはありがたいことなんですけど、でも……」

「腑《ふ》に落ちない？」

「というよりも……情けなくって。人に知ってもらって売れることはいいことだと思います。だけどそのきっかけがこんな、編集としての手腕《しゅわん》とはまったく関係ない偶然の出来事だっていうのがちょっと」

作者が自殺して、それで本が売れるようになるなんていう状況よりはずっといいと思うけれど、釈然《しゃくぜん》としない気持ちは残る。

「でも、今回のことをきっかけに酒枝先生の本を読んだ人の感想はおおむね好評みたいよ。それって誇るべきことだと思うわ。だってせっかくなにかの弾みで広く知ってもらえても、作品そのものにそもそも魅力がなかったら結局期待はずれってことで終わっちゃって、それ以上評判にはならないじゃない？　じわじわ売れてるってことは、それだけ先生の本に読めば伝わるなにかが込められていたってことよ」

なにか、真《ま》っ直《す》ぐ光の方向を指し示すような千豊さんの言葉に、わたしは少し気持ちが軽くなったような気がした。

「そう……ですね。どんなきっかけでも、読んで心を揺さぶられた、新しい読者の人たちの感動は偽物なんかじゃないですね」

「それでもって今は、近日発売予定の酒枝矢文の新刊に世間の注目が集まってるって状態よね」

「そうなんですよ！」

「うわ、嬉しそう。現金ねー」

そう、少し早かったけれど、営業部の判断もあって酒枝先生の新刊の情報はすでに解禁されている。

タイトルは『きみに報《むく》いて』となった。カバーには作中の重要なモチーフとなっているイソギクの花を採用した。

「帯は？」

千豊さんがわたしを試すように鋭く質問してくる。帯とは書籍の表紙の下部に巻かれる紙のことで、通常作品のキャッチコピーや売り文句を載せることが多い。が、近年では影響力のある著名人に推薦文をお願いすることも増えている。

場合によってはその推薦文効果で売り上げが大きく変わることもあると言う。

「ご心配なく！　すでに花江拓《はなえたく》さんに依頼済みです」

「え、芸能界切っての読書家のあの人？　本人のエッセイもベストセラーになって今大人気の人じゃない。あの人にコメント頼んだの？」

「実は以前花江さんのブログを見ていたら、自宅での自撮り写真がアップされてたんですけど、そのときにたまたまうしろに写ってた本棚になんと酒枝先生の本が交ざってたんです。わたしはそれを見逃しませんでした！」

「ははあ、先生の読者ならにべもなく断られるってことはないと踏んだわけね」

「踏みました！」

推薦文の依頼は既に彼の所属する事務所宛に出してある。

「きっと引き受けてくれるはずです！　ノーモア問題ですよ。あ、そうこう言ってたらちょうど今マネージャーさんからメールが届きましたよ。どれどれ」

先方からのメールを開封して読み上げる。

検討を重ねましたが、この度のお話はお断りさせていただきたく——。

「断られましたっ！　たった今！　スケジュール的に無理だって！」

「ダメじゃん」

「ど、どうしましょう……」

「知らないわよ。自分でなんとかしなさい」

そう言われても、絶対に大丈夫という確信のもとに動いていたので代案など考えていなかった。

「と、とりあえず電話を……」

「どこに？」

「い、いずこかに！　いずれかのしかるべきところに！」

「落ち着きなさい！　今押してるその番号、近所のピザ屋よ！」

「放してください！　書いてもらうんじゃ！　ピザドッグの店長に推薦文書いてもらうんじゃ！」


　無策のままデスクの電話にしがみつくわたしを、千豊さんが羽交《はが》い締《じ》めにしてくる。その弾みで机の上の湯のみがひっくり返り、わたしのバッグは緑茶まみれになってしまった。

　その拍子にわたしは正気に戻り、神様あんまりですと叫んでバッグを拭った。

「あーあ……中の書類大丈夫かな……」

　すっかりふてくされてひとつずつカバンの中の物を机の上に並べていく。

「慌ててもいいことなんてないっていう見本のような展開ね。なんか昔話並に分かりやすい」

「ほっといてつかーさい。……うん？」

　そのとき、カバンの底から小さな紙切れが出てきた。少し折り目がついてしまっている。

「これ……名刺？　こんなところに入れたっけ？　誰のだろう」

目を細めて名前を見る。

作家　春海十一《はるうみじゆういち》

そしてわたしは飛び跳ねることになった。

「えええええええっ⁉」

けれど、飛び跳ねたのはわたしだけに限らなかった。その名刺を見て編集部の全員が跳ねた。

「なんで平摘のカバンからノーベル文学賞候補の作家の名刺が出てくるんだ⁉」

長谷川さんも思わず椅子から立ち上がり、理不尽だと言わんばかりに机を叩いた。

「い、いや、なんでって言われても……なんで？」

必死に記憶をたどる。答えはすぐに出た。

「ロング・ランのおじさん！　あの人……春海先生だったの⁉」

すぐには現実が受け入れられず、わたしは名刺を手にしたまま小刻みに震えることしかできなかった。

事情を説明すると千豊さんは過去最大のため息をついてわたしに言った。

「あんた、相手が春海先生だって知らないで酒おごらせて、その上酔っぱらって絡んでたの？　バカ！　真のバカ！　すぐに名刺の番号に電話して謝りなさい！」

「はいー！」

その場で電話をすると六度目のコールで相手が電話に出た。その声はいくらか眠そうではあったけれど、紛《まぎ》れもなくあのおじさんの声だった。

申し訳ありません。すみません。ごめんなさい。お許しくだされ。

わたしはヨーイドンで受話器に向かって思いつく限りの謝罪の言葉を並べた。電話の相手がわたしだと気づくなり春海先生は強い口調を向けてきた。

『おお、きみか！　広島弁の子！　あのなあ！』

「はい！　あの平摘です！　この度は本当に……」

叱《しか》られて当然だ。わたしはその場で肩をすくめた。けれど、次の先生の言葉はまったく予想外のものだった。

『いつ電話してくるかと待ってたんだぞ！　次はいつあのバーに来るんだ？　きみくらい面白い酔いかたをする編集は久々に見た。また笑わせてくれ』

先生は場所を問わずなんともフランクというか、自分の興味関心に素直な人だった。

春海先生がこれっぽっちも怒っていないということが分かると、わたしも一気に気が抜けた。

『そうそう、酒枝矢文の新作、いい作品にできたんだろうな？　それも気になってたんだ』

「酒枝先生の……あ！」

けれど、先生のその言葉でわたしは天啓《てんけい》を受けたような気持ちになった。

「そ、そうです！　その作品のことなんですけど！」

頼むなら今、この流れしかないと思った。

「春海先生！　もしよかったら……いえ、どうか！　酒枝先生の新刊の帯に推薦文を書いてください！」

それはあまりに恐れ多い頼みで、本来こんな電話一本でする依頼ではなかった。けれどわたしは城ヶ崎海岸の吊り橋から飛び降りる以上の覚悟でお願いしてみた。

もし春海先生が書いてくれたなら、こんなに心強いことはない。

するとほとんど間をおくこともなく、春海先生はあっさりとこう言った。

『え？　ああ、いいよー』

こんなに軽い返事は久々に聞いた。

ともかくこうして帯の推薦文の問題はまったく意図しないところから解決してしまった。

慌ててもいいことはない。けれど、たまにはある。

*

「わあ、電車行っちゃう！」

午後六時、中央総武《ちゆうおうそうぶ》線にどうにか乗り込み、肩で息をした。車内は暖房がよく効いていて、とたんに上着が暑く感じられた。脱いで折り畳みながらふと見上げると、中吊り広告が目に入った。

そこでは人の目や関心を引くような短いセンテンスが踊っており、大手週刊誌の名前がその中央下部に陣取っている。その隣は女性ファッション誌。その奥には新進気鋭《しんしんきえい》の売れっ子作家の新刊の情報。

呼吸はずいぶん整ってきた。七人掛けの椅子の真ん中が空いていたのでそこに座る。

『きみに報いて』の発売から一週間が経った。

発売週が雑誌の校了時期と丸かぶりしていたこともあって、わたしはまだ直接酒枝先生に会ってお祝いすることができないでいた。ただ、発売日からほぼ毎日、酒枝先生から編集部にメールが届いていた。

それは先生個人による、日々の書店巡りの報告だった。

今日は飯田橋《いいだばし》、明日は立川《たちかわ》の書店さんを巡りにいくと言う。都子さんを連れて。

作家の端《はし》くれとしてこれまで何冊も自分の本を出してきたが、今回のように、実際に書店に並んでいる姿を見に行きたいと思ったのはデビュー作以来です。

メールにはそう書かれてあった。

それから、献本ありがとうございますというお礼と共に、こんなことも添《そ》えられていた。

『昨日、珍しいことに息子がわたしの新刊を読んでいました。どういう心境の変化でしょうか。献本していただいた本は減っていなかったから、あれは自分で買ってきたのでしょう。照れくさいものですね』

わたしはこれから新宿《しんじゅく》の書店に向かう。直接行って、書店員さんや読者さんの声を聞きに行くのだ。

『きみに報いて』の動きはどうか。店内のどの棚で、どのように陳列されているかを自分の目で見る。そしてもし売れ行きがいいようなら、すぐに追加分を書店に送るよう手配する。

本は生み出されたあと、子供のようにひとり歩きしたりしない。誰かが、営業部が、書店員が、わたしが運ばなければいけない。だから無事出版されたあともやることは山積みだ。

わたしのはじめての担当作はこうして出版され、とうとう世に出た。それは待ちに待った瞬間でもあった。

けれど正直、少し拍子抜けしている自分もいた。

苦労して本を作っている最中は、いつかこれが世に出たら、なにか素晴らしくてとんでもないことが起きるのでは、と思っていた。当初の目標である百万部とはいかないまでも、なにか非日常的な勢いやうねりが巻き起こるのでは、と。

でも実際は慌ただしい日常と仕事が続いていくだけだった。

それ一冊で簡単に世の中が変わるなんてことはない、ということをわたしは知った。

入社初日に編集長が言った通り、担当した本が何冊売れようと編集者には印税なんて入らないし、誰も胴上げなんてしてくれない。栄光も対価も作家が享受《きょうじゅ》すべきものだからだ。

多少話題になりはしたものの、世間のほとんどの人はまだ『きみに報いて』を読んでいない。どころか、出版されたことすら知らずに日常を送っている。そしてきっと、ふとしたときに書店に立ち寄り、平積みされた他のベストセラーに手を伸ばすのだろう。

そう思うと無性に悔《くや》しかった。

知ってもらいたい。もっともっとたくさんの人に求められ、それに応じる形で増刷され、全国の書店に行き渡って欲しい。その結果の数字は、たとえば百万部でなくても構わない。

けれど、こんな考えでは父は認めてくれないだろう。

現実はこういうもの――なのかな。いい本は、どうやったら人に届くんだろう。

今はなにも思い浮かばなかった。

わたしは窓の外の町並みをぼうっと眺めた。もしかすると、これが俗《ぞく》に言う燃え尽き症候群というものだろうか。

でも、燃え尽きようがくすぶろうが、編集者はまたすぐに次の企画、次の本に向けて動き出さなければならない。冷たく聞こえるかもしれないけれど、城ヶ崎海岸の断崖から身を投げるみたいに、一冊一冊と心中するわけにはいかないのだ。

帰宅ラッシュにはまだ少し早いけれど、車内は仕事帰りの人も少なからずいた。

ぼうっと考えごとをしていたせいで今まで気づかなかったけれど、わたしの目の前の席には、わたしと同年代くらいのＯＬ風の女性が座っていた。

「あのマフラー、かわいいな」

彼女の首元を見てついつぶやいてしまう。

わたし、最後に新しい服買ったのいつだっけ？

ＯＬさんはきちんと膝をそろえて座っており、手には本を持っていた。スマホを覗き込む人が増えてきた昨今、こうして電車で黙々と本を読んでいる人を見かけると、つい注目してしまう。これも職業病だろうか。

その本は今、ＯＬさんの心を確実につかんでいた。わたしにはそう見えた。その表情には移ろいがなく、まばたきも少なく、視線は本から外れることがない。間違いなく本の内容に引き込まれている。

あんな風にして読んでもらえたら、読まれている本も冥利《みょうり》に尽きるだろう。

女性がまた頁《ページ》をめくる。

ここから見ても開いた本の左右の頁の厚みで分かる。彼女は今、物語のクライマックスを迎えている。ラストシーンを目で追い、読んでいる。

やがてＯＬさんの肩がわずかに動いた。

深い呼吸。視線が一瞬、虚空《こくう》を漂う。

それから彼女は、自分自身のため息をページの間に挟んで閉じ込めるみたいに、ゆっくりと本を閉じた。

その直後だった。

それまで物語の結末を見届けることに執心《しゅうしん》して、緊張していたＯＬさんの表情が暖かい日差しに溶ける雪のように、あるいは解《ほど》けるつぼみのように和《やわ》らいだ。

浮かぶ笑顔。周囲の人目を多少気にしつつも、思わずほころんだその顔。

と――ふいにわたしとＯＬさんの間をたくさんの人が横切っていった。顔を上げて気づく。いつの間にか電車が新宿駅に到着していた。乗客の多くが下車していく。

読書にふけっていたＯＬさんも遅れてそのことに気づいたようで、慌てて立ち上がり、下車した。代わりにまたたくさんの人が乗り込んでくる。

わたしはというと、同じ場所に座ったまま、バッグで自分の顔を隠して背を丸めていた。自分だってこの駅で下りなければいけないのに。いや、もしそうでなくてもすぐにあのＯＬさんを追いかけてこう聞きたかったのに。

――その本、どうでしたか？　面白かったですか？

でも、どちらもできそうになかった。

涙があとからあとから溢れてきて、とても顔を上げられる状態じゃなかった。

ＯＬさんの読んでいた本を、わたしは知っている。たぶん作者の次によく知っている。

タイトルは『きみに報いて』。

作者は酒枝矢文《やふみ》。

そして物語は、登場人物である少女のこんな言葉で幕を閉じる。

「あたし、生きたい。ねえ、生きてみようよ。それがどこなんだか、あたしバカだから分かんないけど、きっとどこかに理不尽に対抗する術《すべ》があるはずよ。そうでしょう?」

乗り込んできた乗客のひとりがわたしの様子に気づいて不思議そうに見てくる。

ご迷惑をおかけしております。百万書房の平摘です。今だけは、ご容赦ください。

エピローグ

落葉の収まらない庭に少し肌寒い風が吹く。かつて鎌府《れんぷ》と呼ばれた土地の木々は驚くほどいっせいにその葉を散らしはじめていた。

「鎌倉や秋の夕日の影法師《かげぼうし》、ですねー」

わたしは竹箒《たけぼうき》で庭の落ち葉を掃《は》きながら、風の匂いを嗅《か》いだ。

「それを言うなら影法師じゃなくて旅法師《たびほうし》ですよ栞《しおり》さん」

先生は美しい椿《つばき》柄の着物に袖を通し、縁側に座って手元の本を熱心にめくっている。その姿はどこからどう見ても妙齢の女性にしか見えない。

読んでいるのは約束通り酒枝《さかえだ》先生から譲り受けた『港崎遊郭台帳《みよざきゆうかくだいちょう》』だ。そう、これでめでたく先生から命じられた資料本探しも完了したことになる。

「大事に読んでくださいよ。わたし、どれだけ苦労したことか……。で、どうです？　その本、役に立ちそうですか？」

「はい。栞さんよりもずっと」

ご丁寧に声色まで女性そのものだ。しかし頁《ページ》をめくる何気ない手つきにまでなよやかさと色気があるので、下手に批難もできなかった。

「人に庭の手入れを命じておいて言うことがそれですか」

「しかし、新米編集者としては今回まずまずの仕事をされたとは思いますよ」

そう言って先生は傍《かたわ》らに置いてあった別の本に目を向けた。

イソギクのカバーイラスト。酒枝矢文《やふみ》の『きみに報《むく》いて』だ。

「まさかよりにもよってあなたが春海十一《はるうみじゆういち》の推薦文をもぎ取ってくるとは」

「よりにもよって?」

「春海十一、一番の愛読書だったんですよ」

「愛読書? 先生のですか?」

「違……もうよろしい」

「えー!」

もうじき年も明ける。そこから三月末まではきっとあっという間だろう。四月になれば年度が代わり、わたしは編集者として二年目に突入する。

「しかし、時が経つのは早いものですね」

「ちょっと先生、なにを惚《ほう》けた顔をしてるんですか。資料はちゃんと集めたんです。約束通り書いてもらいますからね。それもただ書くんじゃダメですよ。傑《けっ》作《さく》です。傑作を書くのです！　そしてー百万部ですよー」

わたしは途中から適当な流行歌のメロディに乗せてそう言い、持っていた箒をギター代わりに抱えてポーズを取った。

先生が珍しくふっと笑った。女性でも男性でもない、中性的で抽象的な笑みだ。

「兄さん、あの小さな少女が、今やわたしの担当ですよ」

「え？　なにか言いましたか？」

「やっぱり初日に追い返しておけばよかったと言ったんです。ムカデどころではなく、もっと嫌がる物を用意しておくべきでした。インドコブラとかガラガラヘビとか」

「先生は人として最低ですけど、書かれる作品は素晴らしいと思います。だからわたしと一緒に百万部を目指しましょう」

「栞さん、そんな屈《くつ》託《たく》のない笑顔でよくそんなことが言えますね。ちょっと傷つきました」

いつしか空から雪の粒が舞い降りはじめていた。

「通りで冷えるはずですねー。あ」

わたしの股の間をいつもの猫が潜《くぐ》っていった。そのままジャンプして縁側から家の中に入っていった。

「猫ちゃん、寒くなって中に避難しにきましたねー」

先生は本を閉じると少し口を尖《とが》らせた。

「まったくふてぶてしい野良猫です」

言いながら自分も居間へ引っ込んでいく。

「あ、やっぱり野良猫だったんですね。じゃあ名前つけてあげなきゃ。ちょうど雪も降ってきたし、ユキとか。幸せと書いてユキのほうがいいかな」

「よしてください。これ以上野良を家に上げるわけにはいきません」

「心が狭《せま》いですよ先生」

「栞さんひとりでも厄介《やっかい》なのに」

「わたしは野良猫と同等ですか」

箒を壁に立てかけ、わたしも家に上がる。ガラス戸を引いて外気を遮断《しゃだん》し、居間のストーブに火をつけた。

「さて、では……」

先生が思わせぶりな仕草を見せる。

いよいよ執筆開始か！　そう思われたとき、先生はわたしの鼻先に用紙の束を突き出してきた。

「……なんですかこれ？　あ、まさかすでに何枚か原稿を書いていたとか？　もう先生ったら粋《いき》なことして！」

思わずほころぶ顔をそのままに、わたしはペラペラと紙をめくっていった。しかしそこに書かれていたのは小説の冒頭などではなかった。並んでいるのは、多種多様、様々な書籍のタイトルだった。

「あの……これ……なんですか？」

「なにって、新たに必要になった資料本の一覧ですよ」

「は？」

「引き続き資料集め、よろしくお願いしますね。平摘担当」

「はい⁉　あれだけ集めさせておいてまだ⁉」

「栞さんの集めてくれた資料は大変役に立ちましたよ。資料本を読み込んだおかげでまだまだ足りない資料があることに気づくことができました」

「ま、まだまだ……」

またあの資料集めの日々がはじまるのか。そう思うと全身から力が抜けた。

わたしはその場にひっくり返って大の字になった。

「栞さん、はしたないですよ」

「うっさいですよ！　こうなったら先生が原稿書いてくれるまでここでストライキじゃ！」

「居座るつもりですか。やっぱりあなたは野良猫ですね」

「なんとでも言えー！　殺せー！　いっそ殺せー！」

居間の中央には文机《ふづくえ》があり、先生は落下したての花みたいにその前に座している。

「心配しなくとも、必ず書きますよ。わたしは変わらず自分のために、自分の理想を形にするために物語を書きます」

この人は本当に一貫している。お金や名声や人の評価なんて、自分の納得の行く物語が書けるかどうかに比べれば二の次なのだ。そしてその『納得』のハードルは果てしなく高い。

「ですが、生み出した作品はわたしの手を離れて、未知の読者に読まれる。そしてその読者が今度は作者に、思いもかけない真っ直《まっす》ぐななにかをもたらしてくれることもある――ということを、近頃小耳に挟みました」

「小耳に、ですか」

「体験談などではありませんよ。決して。断じて」

「先生、そこまで意固地《いこじ》にならなくても」

美しい御陵先生は、かつてのシャイな文学青年の面影らしきものをその顔に覗《のぞ》かせて、そっぽを向いた。

「ですから、まだ見ぬ読者が物語を必要としているうちに、なるべく早く——書きます。なんと言っても、時が経つのは早いのですから」

わたしは大きく息を吸い込み、先生の言葉をゆっくりと咀嚼《そしゃく》した。それから勢いよくその場に立ち上がり、言った。

「はい！　不肖《ふしょう》、平摘栞、担当編集としてお手伝いします！」

居間はストーブによってじんわりと温かみが増し、猫のユキは早くも丸くなっている。

先生の目の前にはまだ真っ白なままの原稿用紙の束が。

あの原稿用紙にはいずれ、まだ世界の誰も見たことのない物語が刻まれることになる。

そしてそれは名作、或《あるい》いは、傑作と呼ばれることになる。

わたしはそう思っている。

了

※この作品はフィクションです。実在の人物・団体・事件などにはいっさい関係ありません。

集英社オレンジ文庫をお買い上げいただき、ありがとうございます。
ご意見・ご感想をお待ちしております。

●あて先
〒101-8050　東京都千代田区一ツ橋2-5-10
集英社オレンジ文庫編集部 気付
織川制吾先生

先生、原稿まだですか！

新米編集者、ベストセラーを作る

集英社
オレンジ文庫

2017年5月24日　第1刷発行

著　者　織川制吾
発行者　北畠輝幸
発行所　株式会社集英社
〒101-8050東京都千代田区一ツ橋2-5-10
電話【編集部】03-3230-6352
【読者係】03-3230-6080
【販売部】03-3230-6393（書店専用）
印刷所　大日本印刷株式会社

※定価はカバーに表示してあります

ISBN 978-4-08-680134-8 C0193